蝦米！7天就會？歹勢！是真的！

MP3 inside

7天學會

吉松由美
山田玲奈
◎合著

ごじゅうおん
50音

附贈日語假名習字帖

山田社
Shan Tian She

U0073308

前言

「**蝦米？！** 7天就能學會50音？」

歹勢！ 是真的！

① 河童小精靈Kuso故事，一句話記發音！

《7天學會 50音》善用大腦對於圖像記憶的敏感度，超搞笑河童小精靈教您如何利用你會説的中文，來學習50音發音，一看就會，想忘也忘不了！讓您知道您早就會説50音了啦！！

② 真人嘴形，到位又好懂！

每一個發音都附上剖面的「口中透視圖」，告訴您舌頭怎麼擺、吐氣怎麼吐…這種基本款。除此之外，日語老師還親身示範每個假名的「嘴形圖」，讓您裡應外合、從裡到外透視日語發音的「嘴上秘密」！老師就站在你面前，按照自己的學習速度，想要看幾遍就看幾遍，不用擔心不好意思。另外配合文字説明的「發音絕技」，既可以身體力行又獲得詳細説明，雙管齊下，效果加倍！

③ 搞笑繞口令，發音超有趣！

每個假名都有一句繞口令，內容逗趣又溜口，簡直超級爆笑，多唸幾次都不嫌煩。您新學乍練就更應該立刻挑戰一下自己！利用剛剛才學會的50音發音技巧，試試看進階的繞口令發音，只要多嘗試幾次，一定很快就可以上手！讓您馬上晉升日語發音好手之列！

④ 分別字首、中、尾假名，培養敏銳耳！

精選每一個假名最常用也最實用的基礎單字，再加上精選假名在字首、字中、字尾的單字，讓您利用假名學習單字，同時利用單字記憶假名，雙向學習、雙倍效果，效率好的讓您吃了不只一驚！同時也列舉相關單字的例句，讓您在初學階段就一步一步培養閱讀與理解能力，日後學習文法與句型時，自然能像母語一般脱口而出，完全不費半點力氣！

⑤ 相似假名大對決，記得真明白！

「50音很多假名都好像喔，我就是記不起來！」相信這是很多人共同的心聲。為了幫助您克服這個困擾，《7天學會50音》特別加入假名比較的單元，為您解說發音相似的假名之間如何區別，讓您分得清楚，自然記得明白、寫得順手而且讀得通暢囉！

⑥ 朗讀MP3+書本，邊聽邊學超效率！

《7天學會50音》隨書附上精緻朗讀MP3，由東京腔日本老師錄製，為了讓發音更確實，老師一字一句唸給您聽，讓您在初學階段就習慣最正確最優美，只要長期接觸正確，自然會說一口標準的日語！建議您一邊看書一邊聽MP3，並且張開嘴巴大聲跟著老師唸，訓練您的耳朵、也訓練您的嘴，聽說讀寫一下子就全部都搞定！

　　《7天學會50音》讓您在一開始接觸日文時，就擁有最正確又清晰的資訊，卻是最有趣最好學的方式，讓您不知不覺就全部吸收，為您打開一扇寬廣的大門，以後的學習之路都是坦坦大道！

一看就懂

日語50音

〔平假名〕 中國漢字草書演變而來			〔片假名〕 中國漢字楷書演變而來		
中國漢字	演變	平假名	中國漢字	演變	片假名
安	→	あ	阿	→	ア
以	→	い	伊	→	イ
宇	→	う	宇	→	ウ
衣	→	え	江	→	エ
於	→	お	於	→	オ
加	→	か	加	→	カ
幾	→	き	幾	→	キ
久	→	く	久	→	ク
計	→	け	介	→	ケ
己	→	こ	己	→	コ
左	→	さ	散	→	サ
之	→	し	之	→	シ
寸	→	す	須	→	ス
世	→	せ	世	→	セ
曽(曾)	→	そ	曽(曾)	→	ソ
太	→	た	多	→	タ
知	→	ち	千	→	チ
川	→	つ	川	→	ツ
天	→	て	天	→	テ
止	→	と	止	→	ト
奈	→	な	奈	→	ナ
仁	→	に	二	→	ニ
奴	→	ぬ	奴	→	ヌ
祢(禰)	→	ね	祢(禰)	→	ネ
乃	→	の	乃	→	ノ

| 〔平假名〕 | | | 〔片假名〕 | | |
| 中國漢字草書演變而來 | | | 中國漢字楷書演變而來 | | |
中國漢字	演變	平假名	中國漢字	演變	片假名
波	→	は	八	→	ハ
比	→	ひ	比	→	ヒ
不	→	ふ	不	→	フ
部	→	へ	部	→	ヘ
保	→	ほ	保	→	ホ
末	→	ま	末	→	マ
美	→	み	三	→	ミ
武	→	む	牟	→	ム
女	→	め	女	→	メ
毛	→	も	毛	→	モ
也	→	や	也	→	ヤ
由	→	ゆ	由	→	ユ
与	→	よ	與(与)	→	ヨ
良	→	ら	良	→	ラ
利	→	り	利	→	リ
留	→	る	流	→	ル
礼(禮)	→	れ	礼(禮)	→	レ
呂	→	ろ	呂	→	ロ
和	→	わ	和	→	ワ
遠	→	を	乎	→	ヲ
无	→	ん	尔	→	ン

假名與發音

　　日語字母叫「假名」。每個假名都有兩種寫法，分別叫平假名和片假名。平假名是由中國漢字草書發展而成的，一般用在印刷和書寫上；片假名是由中國漢字楷書的部首或一部分演變而成的，一般用來標記外來語和某些專有名詞。下列表中括號內為片假名。

　　基本上一個假名是一個發音單位，大部分由一個子音和一個母音構成。而特色是以母音為結尾。日語假名共有七十一個，分為清音、濁音、半濁音和撥音四種。

清音表（五十音圖）

段 行	あ（ア） 段	い（イ） 段	う（ウ） 段	え（エ） 段	お（オ） 段
あ（ア）行	あ（ア） a	い（イ） i	う（ウ） u	え（エ） e	お（オ） o
か（カ）行	か（カ） ka	き（キ） ki	く（ク） ku	け（ケ） ke	こ（コ） ko
さ（サ）行	さ（サ） sa	し（シ） shi	す（ス） su	せ（セ） se	そ（ソ） so
た（タ）行	た（タ） ta	ち（チ） chi	つ（ツ） tsu	て（テ） te	と（ト） to
な（ナ）行	な（ナ） na	に（ニ） ni	ぬ（ヌ） nu	ね（ネ） ne	の（ノ） no
は（ハ）行	は（ハ） ha	ひ（ヒ） hi	ふ（フ） fu	へ（ヘ） he	ほ（ホ） ho
ま（マ）行	ま（マ） ma	み（ミ） mi	む（ム） mu	め（メ） me	も（モ） mo
や（ヤ）行	や（ヤ） ya		ゆ（ユ） yu		よ（ヨ） yo
ら（ラ）行	ら（ラ） ra	り（リ） ri	る（ル） ru	れ（レ） re	ろ（ロ） ro
わ（ワ）行	わ（ワ） wa				を（ヲ） o
撥　　音					ん（ン） n

日語子音裡，存在著清濁音的對立，例如，か〔ka〕和が〔ga〕、た〔ta〕和だ〔da〕、は〔ha〕和ば〔ba〕等的不同，實際上是子音的〔k,t,h〕和〔g,d,b〕的不同。不同在什麼地方呢？不同在前者發音時，聲帶不振動；相反地，後者就要振動聲帶了。

濁音共有二十個假名，但實際上不同的發音只有十八種。濁音的寫法是，在清音假名右肩上打兩點。

濁音表

段＼行	あ（ア）段	い（イ）段	う（ウ）段	え（エ）段	お（オ）段
か（カ）行	が（ガ） ga	ぎ（ギ） gi	ぐ（グ） gu	げ（ゲ） ge	ご（ゴ） go
さ（サ）行	ざ（ザ） za	じ（ジ） ji	ず（ズ） zu	ぜ（ゼ） ze	ぞ（ゾ） zo
た（タ）行	だ（ダ） da	ぢ（ヂ） ji	づ（ヅ） zu	で（デ） de	ど（ド） do
は（ハ）行	ば（バ） ba	び（ビ） bi	ぶ（ブ） bu	べ（ベ） be	ぼ（ボ） bo

同時和「清音」和「濁音」相對的是「半濁音」，半濁音性質上其實是比較接近清音的。但它既不能完全歸入「清音」，也不完全屬於「濁音」，所以只好讓它「半清半濁」了。半濁音的寫法是，在清音假名右肩上打上一個小圈。半濁音只出現於「は」行。

半濁音表

は（ハ）行	ぱ（パ） pa	ぴ（ピ） pi	ぷ（プ） pu	ぺ（ペ） pe	ぽ（ポ） po

拗音

い段假名（請見P8）和「や」「ゆ」「よ」所拼而成的音節叫「拗音」。拗音音節只讀一拍的長度。拗音音節共有三十六個，但其中三個音發音相同，所以實際上只有三十三個。

拗音表

きゃ（キャ） kya	きゅ（キュ） kyu	きょ（キョ） kyo
ぎゃ（ギャ） gya	ぎゅ（ギュ） gyu	ぎょ（ギョ） gyo
しゃ（シャ） sha	しゅ（シュ） shu	しょ（ショ） sho
じゃ（ジャ） ja	じゅ（ジュ） ju	じょ（ジョ） jo
ちゃ（チャ） cha	ちゅ（チュ） chu	ちょ（チョ） cho
ぢゃ（ヂャ） ja	ぢゅ（ヂュ） ju	ぢょ（ヂョ） jo
にゃ（ニャ） nya	にゅ（ニュ） nyu	にょ（ニョ） nyo
ひゃ（ヒャ） hya	ひゅ（ヒュ） hyu	ひょ（ヒョ） hyo
びゃ（ビャ） bya	びゅ（ビュ） byu	びょ（ビョ） byo
ぴゃ（ピャ） pya	ぴゅ（ピュ） pyu	ぴょ（ピョ） pyo
みゃ（ミャ） mya	みゅ（ミュ） myu	みょ（ミョ） myo
りゃ（リャ） rya	りゅ（リュ） ryu	りょ（リョ） ryo

日語50音

① あ[ɑ]的發音

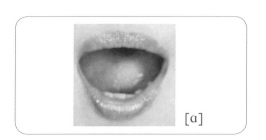

[ɑ]

張開嘴巴看牙醫：
「啊」～。快抽筋了。

假 名這樣發音的

　　「あ」是母音。[ɑ]的發音是舌頭跟下巴一起往下，口腔自然地張大，大約可以放兩根手指。舌頭放低稍微向後縮。不是圓唇。這個發音的開口度比「啊」還要小。要振動聲帶喔！

單 字聽了就會

〈在開頭的單字〉

❶ あい【愛】愛　　　　　　　❷ あし【足】腳

❸ あか【赤】紅色　　　　　　❹ あなた　你

❺ あした【明日】明天　　　　❻ あおい【青い】藍色的

〈在中間的單字〉

❼ まいあさ【毎朝】每天早上　❽ あしあと【足跡】腳印

〈在字尾的單字〉

❾ ろうあ【聾啞】聾啞　　　　❿ もうあ【盲啞】盲啞

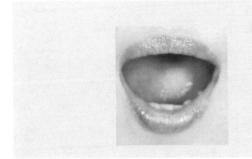 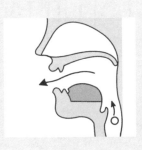

[a]

▶ **發音比比看** ∙∙∙

　「あ」是一拍的長度。「ああ」就是兩拍囉！也就是日語的長音。發「ああ」的時候，就像打呵欠一樣，把「啊」拉長一倍變成「啊～」就可以啦！長音請看「52 長音的發音」。

　　　　　[あ]　　　　　　　　　　　　[ああ]

❶ は【歯】　牙齒　　　　　はあ　　　　　　　　（應答）是

❷ はと【鳩】　鴿子　　　　はあと【ハート】　心臟

❸ まく【幕】　幕簾　　　　まあく【マーク】　記號

❹ や【矢】　箭　　　　　　やあ　　　　　　　（打招呼）喂

例 **句說說看**

❶ ありがとう　ございました。
非常感謝您。

❷ 青_{あお}い　画_えを　書_かきます。
畫一幅藍色的圖。

❸ 青井愛_{あおいあい}は　いい　子_こだ。
青井愛是個好女孩。

繞 **口令**

海_{うみ}は　青々_{あおあお}、空_{そら}も　青々_{あおあお}。
大海是湛藍的，天空也是蔚藍的。

2 い[i]的發音

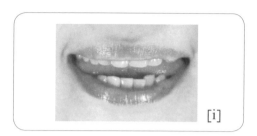

[i]

小孩耍脾氣：
「人家不『依』！」

假 名這樣發音的

　　「い」是母音。[i]的發音是嘴唇自然往左右拉，前舌面向硬顎隆起，舌尖稍稍向下，碰到下齒齦。這個發音的開口度比「依」略小。要振動聲帶喔！

單 字聽了就會

〈在開頭的單字〉

❶ いす【椅子】椅子　　　　❷ いと【糸】線

❸ いし【石】石頭　　　　　❹ いつ【何時】什麼時候

❺ いろ【色】顏色　　　　　❻ いなか【田舍】鄉下

〈在中間的單字〉

❼ あいいろ【藍色】深藍色　❽ まいにち【毎日】每天

〈在字尾的單字〉

❾ とおい【遠い】遠的　　　❿ やさしい【優しい】溫柔的

[i]

▶ **發音比比看** ···

　「い」是一拍的長度。「いい」就是兩拍囉！也就是日語的長音。發「いい」就像撒嬌地叫阿姨，把「姨」拉長一倍變成「姨～」就行啦！

	[い]		[いい]	
❶	いえ【家】　家		いいえ	不
❷	います　　（存）在		いいます【言います】	說
❸	すき【好き】喜歡		すきい【スキー】	滑雪
❹	ちず【地図】地圖		ちいず【チーズ】	起司

 句說說看

❶ いい　におい。
這氣味好香啊。

❷ いい　お天気ですね。
今天天氣真好。

❸ ここは　甥の　家だ。
這裡是我外甥／姪子的家。

 口令

あの　映画は　いい　映画だ。
那部電影很精彩。

15

③ う[ɯ]的發音

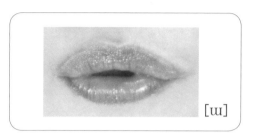

[ɯ]

拆散戀人的壞女
「巫」！

假 名這樣發音的

　　「う」是母音。[ɯ]的發音是雙唇保持扁平，雙唇兩端左右往中央稍稍靠攏，後舌面隆起靠近軟顎。發音的開口度比「巫」略小。要振動聲帶！要記得這個發音不是圓唇的喔！

單 字聽了就會

〈在開頭的單字〉

❶ うみ【海】海洋　　　　❷ うえ【上】上面

❸ うち【家】家　　　　　❹ うま【馬】馬

❺ うめ【梅】梅花　　　　❻ うんてん【運転】開車

〈在中間的單字〉

❼ こうえん【公園】公園　❽ ゆうめい【有名】有名的

〈在字尾的單字〉

❾ さとう【砂糖】砂糖　　❿ むこう【向こう】對面

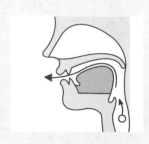

[ɯ]

▶ **發音比比看** ···

　　「う」是一拍的長度。「うう」就是兩拍囉！也就是日語的長音。發「うう」的時候，就像學狼嚎一樣，把「嗚」拉長一拍變成「嗚～」，就可以啦！

	[う]		[うう]	
❶	うる【売る】	販賣	ううる【ウール】	毛線
❷	くつ【靴】	鞋子	くつう【苦痛】	痛苦
❸	す【酢】	醋	すう【数】	數量
❹	つち【土】	土地	つうち【通知】	通知

 句說說看

❶ おはよう　ございます。
　早安。

❷ 昨日、海へ　行った。
　昨天我去了海邊。

❸ 魚の　尾を　売る。
　販賣魚的尾段。

 口令

うさぎと　うにを　食べて、うんうん。
　吃了兔肉和海膽，好吃、好吃。

4 え[e]的發音

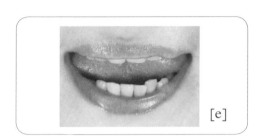

[e]

被客人問倒了，只好
傻笑「へ～～」。

假 名這樣發音的

　　「え」是母音。[e]的發音是雙唇略向左右自然展開，前舌面隆起，舌尖抵住下齒，舌部的肌肉稍微用力。開口度在[i]和[ɑ]之間。要振動聲帶喔！

單 字聽了就會

〈在開頭的單字〉

❶ え【絵】圖畫　　　　　　❷ えき【駅】車站

❸ えさ【餌】飼料　　　　　❹ えいせい【衛星】衛星

〈在中間的單字〉

❺ かえり【帰り】回家　　　❻ すいえい【水泳】游泳

〈在字尾的單字〉

❼ いえ【家】家　　　　　　❽ こたえ【答え】回答

❾ つくえ【机】書桌　　　　❿ としうえ【年上】年長

 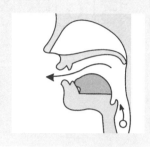

[e]

發音比比看

「え」是一拍的長度。「ええ」就是兩拍囉！也就是日語的長音。發「ええ」時，好像看到學生作品不夠好，説：還不行「ㄟ～」。

[え]	[ええ]
❶ えき【駅】　車站	えいき【英気】才氣
❷ かめ【亀】　烏龜	かめい【加盟】加盟
❸ せき【席】　座位	せいき【世紀】世紀
❹ へや【部屋】房間	へいや【平野】平原

例 句説説看

❶ えい、えい、おう。
嘿、嘿、荷！（注：打氣或歡呼聲）

❷ どうぞ、ご遠慮^{えんりょ}なく。
別客氣，請用 / 請進 / 請坐。

❸ あの いえの うえ。
那棟房屋的上方。

繞 口令

英雄^{えいゆう}の 映画^{えいが}に 延々^{えんえん}の 列^{れつ}。
前來觀賞那部英雄電影的觀眾，排了長長的人龍。

5 お[o]的發音

[o]

MP3
track
5

傻呼呼的阿明，問他
話都只會「喔」！

假 名這樣發音的

　　「お」是母音。[o]的發音是唇部肌肉用力，嘴角向中間收攏，形成橢圓形的唇。比「う」下巴還要往下，雙唇也更圓。舌向後縮後舌面隆起。開口度比「喔」略小。要振動聲帶喔！[o]是日語唯一的圓唇母音。

單 字聽了就會

〈在開頭的單字〉

❶ おかし【お菓子】點心　　　❷ おさら【お皿】盤子

❸ おとな【大人】大人　　　　❹ おいしい【美味しい】好吃的

❺ おとうと【弟】弟弟　　　　❻ おととい【一昨日】前天

〈在中間的單字〉

❼ こおり【氷】冰　　　　　　❽ とおり【通り】通道

〈在字尾的單字〉

❾ しお【塩】鹽巴　　　　　　❿ うお【魚】魚

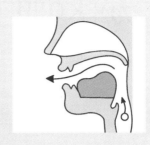

[o]

▶ **發音比比看** ···

「お」是一拍的長度。「おお」就是兩拍囉！也就是日語的長音。發「おお」時，就像看到漂亮的女孩，從身旁走過，説：「『喔～』正妹哦！」

[お]	[おお]
❶ かど【角】　轉角	かどう【華道】花道
❷ くろ【黒】　黑色	くろう【苦労】辛勞
❸ こい【恋】　戀愛	こうい【好意】好意
❹ よい【良い】好的	ようい【用意】準備

例 句說說看

❶ おやすみなさい。
晚安。

❷ お家は　遠いですか。
<small>うち</small>　　<small>とお</small>
您家離這裡很遠嗎？

❸ 顔を　洗う。
<small>かお</small>　<small>あら</small>
洗臉。

繞 口令

お湯の　中で　泳ぐのは、おやめなさい。
<small>ゆ</small>　　<small>なか</small>　<small>およ</small>
不要在浴池裡游泳。

6 か[ka]的發音

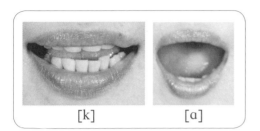

[k]　　　[a]

喀滋喀滋喀滋喀滋

「喀」滋「喀」滋吃
零食，好開心～！

假 名這樣發音的

　　「か」是子音[k]跟母音[a]拼起來的。[k]的發音是讓後舌面，跟在它上面的軟顎接觸，把氣流擋起來，然後很快放開，讓氣流衝出來。不要振動聲帶喔！

單 字聽了就會

〈在開頭的單字〉

❶ かい【貝】貝殼　　　　❷ かお【顔】臉

❸ かな【仮名】假名　　　❹ かた【方】～位

❺ かいわ【会話】會話　　❻ かいぬし【飼い主】飼主

〈在中間的單字〉

❼ みかん【蜜柑】橘子　　❽ さんかく【三角】三角形

〈在字尾的單字〉

❾ はつか【二十日】二十號　❿ まんなか【真ん中】正中央

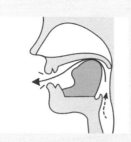 [k]
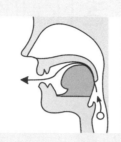 [g]

▶ **發音比比看** ……………………………………………………………

　　か[ka]的[k]跟が[ga]的[g]發音部位跟方法都是一樣的，不同的是[k]不要振動聲帶，[g]是濁音要振動聲帶。濁音請看「45 が行的發音」。

[か]		[が]	
❶ かつ【勝つ】	勝利	がつ【月】	～月
❷ かわ【川】	河川	がわ【側】	～邊
❸ たかい【高い】	高的	たがい【互い】	互相
❹ ちかい【近い】	近的	ちがい【違い】	差異

 句說說看

❶ 柿(かき)は　いかがですか。
您要不要吃柿子呢？

❷ この　かばんは　いいですが。
這皮包雖然不錯，但是…。

❸ その　貝(かい)、害(がい)が　ある。
那些貝類被污染了。

 口令

かんかんに　怒(おこ)った、観光課(かんこうか)の　係(かか)り。
觀光課的承辦人員暴跳如雷。

7 き[ki]的發音

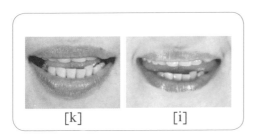

[k]　　　　[i]

他「KEY」IN速度超
快，一分鐘竟有1000
字！

假 名這樣發音的

「き」是子音[k]跟母音[i]拼起來的。[k]的發音是讓後舌面，跟在它上面的軟顎接觸，把氣流擋起來，然後很快放開，讓氣流衝出來。不要振動聲帶喔！

單 字聽了就會

〈在開頭的單字〉

❶ き【木】樹木　　　　　❷ きいろ【黄色】黃色

❸ きもの【着物】和服　　❹ きけん【危険】危險

❺ きかい【機会】機會　　❻ きこく【帰国】回國

〈在中間的單字〉

❼ あきかん【空き缶】空罐子　❽ つうきん【通勤】通勤

〈在字尾的單字〉

❾ あき【秋】秋天　　　　❿ てんき【天気】天氣

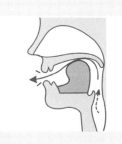
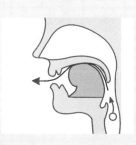

[k]　　　　　　　　　　　　　　　　[g]

▶ **發音比比看** ···

　　き[ki]的[k]跟 ぎ[gi]的[g]發音部位跟方法都是一樣的，不同的是[k]不要振動聲帶，[g]要振動聲帶。只是，「き」跟「ぎ」的發音因為受到後面母音的影響，所以舌位都比較前面，較接近硬顎。

[き]		[ぎ]	
❶ いき【息】	呼吸	いぎ【意義】	意義
❷ きん【金】	金	ぎん【銀】	銀
❸ さき【先】	剛剛	さぎ【詐欺】	詐欺
❹ すき【好き】	喜歡	すぎ【過ぎ】	過於～

例 **句說說看**

❶ 大（おお）きい 菊（きく）が 好（す）きだ。
我喜歡花形碩大的菊花。

❷ ここは きれいで 賑（にぎ）やかです。
這裡景致優美又熱鬧鼎沸。

❸ 偽名（ぎめい）で 記名（きめい）した。
簽署了捏造的姓名。

 口令

今日（きょう）、午後（ごご）、学校（がっこう）で 剣劇（けんげき）ごっこ。
今天下午在學校和朋友玩鬥劍遊戲。

8 く[kɯ]的發音

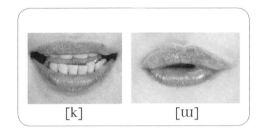

[k]　　　[ɯ]

妹妹被媽媽罵了，傷
心得一直「哭」。

假 名這樣發音的

　　「く」是子音[k]跟母音[ɯ]拼起來的。[k]的發音是讓後舌面，跟在它上面的軟顎接觸，把氣流擋起來，然後很快放開，讓氣流衝出來。不要振動聲帶喔！

單 字聽了就會

〈在開頭的單字〉

❶ く【九】九

❷ くち【口】嘴巴

❸ くつ【靴】鞋子

❹ くつした【靴下】襪子

❺ くうき【空気】空氣

❻ くうこう【空港】機場

〈在中間的單字〉

❼ いくつ【幾つ】多少

❽ たくさん【沢山】很多的

〈在字尾的單字〉

❾ おく【奥】深處

❿ いく【行く】去

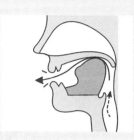 [k]　　　　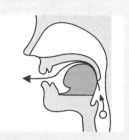 [g]

▶ **發音比比看** ···

　　く[kɯ]的[k]跟ぐ[gɯ]的[g]發音部位跟方法都是一樣的，不同的是[k]不要振動聲帶，[g]要振動聲帶。發音時，有沒有振動聲帶，可以用手指摸喉頭來感覺一下。

[く]	[ぐ]
❶ かく【書く】寫	かぐ【家具】家具
❷ くん【君】　～君	ぐん【軍】　軍人
❸ すく【空く】空出	すぐ【直ぐ】馬上
❹ ぬく【抜く】穿越	ぬぐ【脱ぐ】脫掉

例 句說說看

❶ 彼の　車は　黒い　車ですか。
請問他的車子是黑色的嗎？

❷ 山下君、具合　どう？
山下，身體還好嗎？

❸ 家具の　番号を　書く。
寫下家具的編號。

繞 口令

熊が　来る　国、熊の　食う　栗。
熊出沒之地，熊吃的栗子。

9 け[ke]的發音

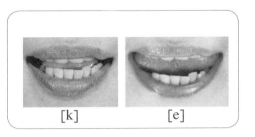

[k]　　　　[e]

所有麻煩交給我，通通都O「K」！

假 名這樣發音的

　　「け」是子音[k]跟母音[e]拼起來的。[k]的發音是讓後舌面，跟在它上面的軟顎接觸，把氣流擋起來，然後很快放開，讓氣流衝出來。不要振動聲帶喔！

單 字聽了就會

〈在開頭的單字〉

❶ け【毛】毛髮　　　　　　❷ けさ【今朝】今早

❸ けんか【喧嘩】吵架　　　❹ けいさつ【警察】警察

❺ けいけん【経験】經驗　　❻ けんこう【健康】健康

〈在中間的單字〉

❼ いけん【意見】意見　　　❽ しけん【試験】考試

〈在字尾的單字〉

❾ いけ【池】池塘　　　　　❿ おさけ【お酒】酒

MP3

track
9

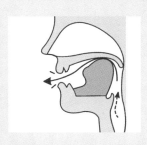 [k]

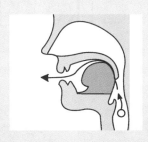 [g]

▶ 發音比比看 ···

　　け[ke]的[k]跟げ[ge]的[g]發音部位跟方法都是一樣的，不同的是[k]不要振動聲帶，[g]要振動聲帶。有沒有振動聲帶，也可以用雙手摀住雙耳，如果聽到比較響的嗡嗡聲，就表示有振動聲帶了。

	[け]		[げ]	
❶	あける【開ける】	打開	あげる【上げる】	往上提
❷	きけん【危険】	危險	きげん【期限】	期限
❸	けんか【喧嘩】	吵架	げんか【原価】	原價
❹	さける【避ける】	避開	さげる【下げる】	拿下來

例 句說說看

❶ 今朝、出かけましたか。
けさ　で
你今天早上有出門嗎？

❷ 酒を　届けに　きました。
さけ　とど
他把酒送來了。

❸ 健康　一番、原稿　二番です。
けんこう　いちばん　げんこう　にばん
趕稿排第二，健康擺第一。

繞 口令

毛皮と　毛糸の　景気は　桁外れに　険しい。
けがわ　けいと　けいき　けたはず　けわ
毛皮和毛線的賣況非常差。

10 こ[ko]的發音

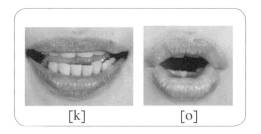

[k]　　[o]

家財萬貫卻斤斤計較，
實在有夠「摳」！

假 名這樣發音的

「こ」是子音[k]跟母音[o]拼起來的。[k]的發音是讓後舌面，跟在它上面的軟顎接觸，把氣流擋起來，然後很快放開，讓氣流衝出來。不要振動聲帶喔！

單 字聽了就會

〈在開頭的單字〉

❶ こめ【米】稻米　　　　❷ こえ【声】聲音

❸ ことり【小鳥】小鳥　　❹ こうさてん【交差点】十字路口

〈在中間的單字〉

❺ ちこく【遅刻】遲到　　❻ とこや【床屋】理髮店

❼ ここのつ【九つ】九個　❽ こうこうせい【高校生】高中生

〈在字尾的單字〉

❾ おとこ【男】男人　　　❿ むすこ【息子】兒子

30

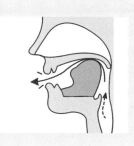 [k]　　　　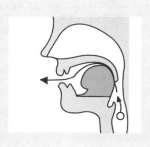 [g]

發音比比看

こ[ko]的[k]跟 ご[go]的[g]發音部位跟方法都是一樣的，不同的是[k]不要振動聲帶，[g]要振動聲帶。

	[こ]		[ご]	
❶	こ【子】	小孩	ご【語】	～語
❷	かこ【過去】	過去	かご【籠】	籠子
❸	ここ【此処】	這裡	ごご【午後】	下午
❹	きこう【気候】	氣候	きごう【記号】	記號

例 句說說看

❶ 濃い ココアは どう？
要不要喝杯濃濃的可可亞呢？【ココア<cocoa>：可可亞】

❷ 午後は ここで 会いましょう。
我們下午在這裡見面吧。

❸ 金遣いが 豪快で 後悔した。
之前花錢如流水，現在後悔了。

繞 口令

赤コカコーラ 黄コカコーラ 茶コカコーラ。
紅色的可樂、黃色的可樂、褐色的可樂。【コカコーラ<Coca-Cola>：可口可樂】

11 さ[sa]的發音

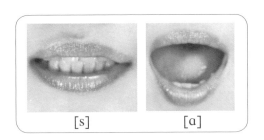

[s]　　　[a]

花子超愛「撒」嬌，跟
太郎總是甜甜蜜蜜。

假 名這樣發音的

　　「さ」是子音[s]跟母音[a]拼起來的。[s]的發音是上下齒對齊合攏，軟顎抬起，堵住鼻腔通路，舌尖往上接近上齒齦，中間要留一個小小的空隙，再讓氣流從那一個小空隙摩擦而出。不要振動聲帶喔！

單 字聽了就會

〈在開頭的單字〉

❶ さき【先】剛剛　　　　　　❷ さくら【桜】櫻花

❸ さいふ【財布】錢包　　　　❹ さしみ【刺身】生魚片

〈在中間的單字〉

❺ はさみ【鋏】剪刀　　　　　❻ みなさん【皆さん】各位

❼ あいさつ【挨拶】寒暄　　　❽ おかあさん【お母さん】母親

〈在字尾的單字〉

❾ くさ【草】草　　　　　　　❿ かさ【傘】雨傘

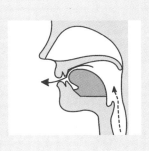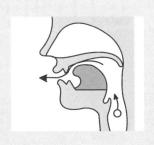

[s]　　　　　　　　　　　[dz]

發音比比看

さ[sɑ]的[s]舌尖往上接近上齒齦。雙唇自然。ざ[dzɑ]的[dz]舌尖往上好像要接近上齒齦，又不完全接近。雙唇比較緊張。而且[s]不要振動聲帶，[dz]是濁音要振動聲帶。濁音請看「46 ざ行的發音」。

	[さ]		[ざ]	
❶	さつ【札】	鈔票	ざつ【雜】	雜亂的
❷	さっか【作家】	作家	ざっか【雑貨】	雜物
❸	さいこう【最高】	最棒的	ざいこう【在校】	就讀中
❹	さいさん【再三】	再三地	ざいさん【財產】	財產

例 句說說看

❶ さあさあ、お先に。
好了好了，我先走囉。

❷ この 財布、小さいね。
這個錢包真小巧呀。

❸ 今年の 三年は 残念だ。
今年這屆的三年級生沒考好，令人遺憾。

繞 口令

さして、さあ 行こう。
來，把傘撐開，我們走吧。

12 し[∫i]的發音

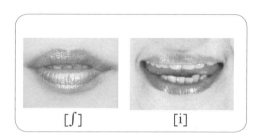

[∫]　　　[i]

嘻嘻嘻

花子被鳥糞砸到了！好好笑喔！「嘻嘻嘻」！

假 名這樣發音的

「し」是子音[∫]跟母音[i]拼起來的。[∫]的發音是抬起舌葉，讓舌葉接近上齒齦和硬顎，中間要形成一條窄窄的縫隙，讓氣流摩擦而出。雙唇要保持自然。聲帶不要振動喔！

單 字聽了就會

〈在開頭的單字〉

❶ した【下】下面　　　❷ しち【七】七

❸ しかた【仕方】作法　　❹ しつもん【質問】問題

〈在中間的單字〉

❺ けしき【景色】景色　　❻ あんしん【安心】安心

〈在字尾的單字〉

❼ うし【牛】牛　　　　❽ はし【橋】橋

❾ はなし【話】話題　　❿ おととし【一昨年】前年

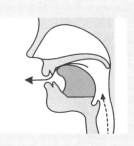

[ʃ]

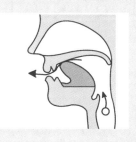

[dʒ]

▶ 發音比比看 ···

　　し[ʃi]的[ʃ]跟じ[dʒi]的[dʒ]發音方法接近，不同的是[ʃ]不要振動聲帶，[dʒ]要振動聲帶。[ʃ]像趕貓狗走的「去」，「dʒ」像幾個人的「幾」。

[し]	[じ]
❶ あし【足】　腳	あじ【味】　味道
❷ いし【石】　石頭	いじ【維持】維持
❸ かし【菓子】點心	かじ【家事】家事
❹ もし【若し】如果	もじ【文字】文字

例 句說說看

❶ 寿司は　おいしいです。
すし
壽司很好吃。

❷ お菓子を　食べながら、家事を　します。
かし　　　た　　　かじ
做家事時，嘴裡邊吃著點心。

繞 口令

獅子の　子の　子獅子。
しし　　こ　　こじし
獅子的孩子是小獅子。

13 す[suɯ]的發音

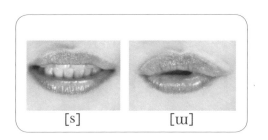

[s]　　　　[ɯ]

木村拓哉對我拋媚眼！全身茫「酥」酥！！

假 名這樣發音的

　　「す」是子音[s]跟母音[ɯ]拼起來的。[s]的發音是上下齒對齊合攏，軟顎抬起，堵住鼻腔通路，舌尖往上接近上齒齦，中間要留一個小小的空隙，再讓氣流從那一個小空隙摩擦而出。不要振動聲帶喔！

單 字聽了就會

〈在開頭的單字〉

❶ すし【寿司】壽司　　　　❷ すな【砂】沙

❸ すみ【隅】角落　　　　　❹ すき【好き】喜歡

❺ すきやき【すき焼き】壽喜燒　❻ すこし【少し】一點點

〈在中間的單字〉

❼ ひるやすみ【昼休み】午休　❽ うすい【薄い】薄的

〈在字尾的單字〉

❾ あす【明日】明天　　　　❿ おす【押す】推壓

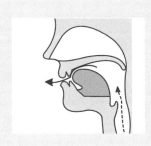 [s]

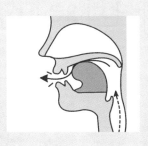 [ts]

▶ 發音比比看

　　す[sɯ]的[s]舌尖往上接近上齒齦，氣流再從中間的小空隙摩擦而出。[tsɯ]的[ts]是舌尖頂在上齒齒齦，然後很快放開的[t]跟[s]的結合音。[s]跟[ts]都不要振動聲帶。

	[す]		[つ]	
❶	すいか	西瓜	ついか【追加】	追加
❷	すき【好き】	喜歡	つき【月】	月亮
❸	すぎ【杉】	杉木	つぎ【次】	下一個
❹	する	做～	つる【釣る】	釣（魚）

例 句說說看

❶ 大きい　すいかですね。
　這顆西瓜真大呀。

❷ 静岡は　とても　静かです。
　靜岡是個非常寧靜的地方。

❸ すいかの　追加を　しました。
　又加買了一些西瓜。

繞 口令

お騒がせして、すみません。
　驚擾各位了，非常抱歉。

14 せ[se]的發音

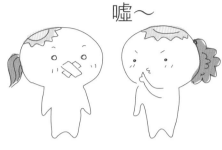

[s]　　　　[e]

嘘～

這是我們的秘密，不准「SAY」！

假 名這樣發音的

　　「せ」是子音[s]跟母音[e]拼起來的。[s]的發音是上下齒對齊合攏，軟顎抬起，堵住鼻腔通路，舌尖往上接近上齒齦，中間要留一個小小的空隙，再讓氣流從那一個小空隙摩擦而出。不要振動聲帶喔！

單 字聽了就會

〈在開頭的單字〉

❶ せ【背】身高　　　　❷ せき【席】座位

❸ せいと【生徒】學生　❹ せんせい【先生】老師

❺ せいかく【性格】個性　❻ せんたく【洗濯】洗滌

〈在中間的單字〉

❼ きせつ【季節】季節　❽ しんかんせん【新幹線】新幹線

〈在字尾的單字〉

❾ みせ【店】店家　　　❿ あせ【汗】汗水

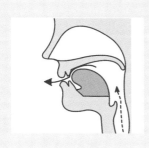 [s]

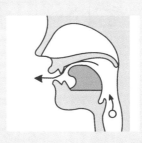 [dz]

▶ 發音比比看

せ[se]的[s]舌尖往上接近上齒齦。雙唇自然。ぜ[dze]的[dz]舌尖往上好像要接近上齒齦，又不完全接近。雙唇比較緊張。而且[s]不要振動聲帶，[dz]要振動聲帶。

	[せ]		[ぜ]	
❶	しせん【視線】	視線	しぜん【自然】	自然
❷	せい【姓】	姓氏	ぜい【税】	税金
❸	せん【線】	線條	ぜん【全】	全部
❹	せったい【接待】	接待	ぜったい【絶対】	絕對

例 句說說看

❶ 先生（せんせい）は　いません。
老師不在這裡。

❷ これ、学生（がくせい）に　親切（しんせつ）です。
這個對學生來說很貼心。

❸ 改選（かいせん）の　後（あと）、改善（かいぜん）した。
在改選之後，情況有所改善了。

繞 口令

生徒（せいと）より　先生（せんせい）が　先輩（せんぱい）　せっせと　世話（せわ）やき。
老師比學生更為熱心幫助學長。

15 そ[so]的發音

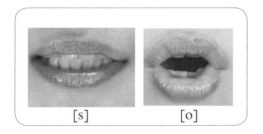

[s]　　　[o]

冬天的寒風，冷
「颼」颼～～～

假 名這樣發音的

　　「そ」是子音[s]跟母音[o]拼起來的。[s]的發音是上下齒對齊合攏，軟顎抬起，堵住鼻腔通路，舌尖往上接近上齒齦，中間要留一個小小的空隙，再讓氣流從那一個小空隙摩擦而出。不要振動聲帶喔！

單 字聽了就會

〈在開頭的單字〉

❶ そら【空】天空　　　　　❷ そと【外】外面

❸ そふ【祖父】爺爺　　　　❹ そうさ【操作】操作

〈在中間的單字〉

❺ あそこ　那裡　　　　　　❻ おそい【遅い】慢的

❼ せんそう【戦争】戰爭　　❽ ほうそう【放送】播放

〈在字尾的單字〉

❾ うそ【嘘】謊言　　　　　❿ みそ【味噌】味噌

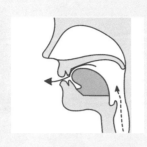 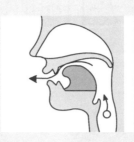

[s]　　　　　　　　　[dz]

▶ **發音比比看** ……………………………………………………………………

　　そ[so]的[s]舌尖往上接近上齒齦。ぞ[dzo]的[dz]舌尖往上好像要接近上齒齦，又不完全接近。而且[s]不要振動聲帶，[dz]要振動聲帶。

	[そ]		[ぞ]	
❶	そう【層】	層次	ぞう【象】	大象
❷	みそ【味噌】	味噌	みぞ【溝】	水溝
❸	そうり【総理】	總理	ぞうり【草履】	草鞋
❹	かんそう【感想】	感想	かんぞう【肝臓】	肝臟

 句說說看

❶ そうですか。それは　いいですね。
這樣嗎？那可真不錯呀。

❷ そこに　冷蔵庫が　ある。
　　　れいぞうこ
那裡有個冰箱。

❸ 肝臓と　感想を　間違えた。
　かんぞう　かんそう　まちが
把「肝臟」誤繕成「感想」了。

 口令

そうだ　そうだ。ソーダ　飲んで　飛んだ　そうだ。
　　　　そおだ　　　　　の　　　と
對呀對呀！聽說喝了汽水飛上天去了。【ソーダ<soda>：汽水】

16 た[ta]的發音

[t]　　　　[ɑ]

天氣太潮濕，頭髮都
「塌」在臉上。

假 名這樣發音的

　　「た」是子音[t]跟母音[ɑ]拼起來的。[t]的發音是舌尖要頂在上齒根和齒齦之間，然後很快把它放開，讓氣流衝出。不要震動聲帶喔！

單 字聽了就會

〈在開頭的單字〉

❶ たな【棚】架子　　　　❷ たかい【高い】高的

❸ たてもの【建物】建築物　　❹ たたみ【畳】塌塌米

〈在中間的單字〉

❺ いたい【痛い】痛的　　　　❻ おたく【お宅】府上

〈在字尾的單字〉

❼ うた【歌】歌曲　　　　❽ きた【北】北邊

❾ いた【板】木板　　　　❿ としした【年下】年少的

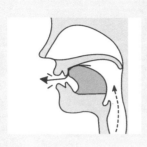 [t]

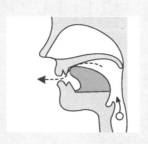 [d]

▶ 發音比比看

た[tɑ]的[t]跟だ[dɑ]的[d]發音部位跟方法都是一樣的，不同的是[t]不要振動聲帶，[d]要振動聲帶。

[た]	[だ]
❶ たく【炊く】煮（飯）	だく【抱く】擁抱
❷ たす【足す】加上	だす【出す】拿出
❸ ため【為】　為了～	だめ【駄目】不行
❹ また【又】　又再～	まだ【未だ】尚未

例 句說說看

❶ いただきます。
　我開動囉。

❷ 私<small>わたし</small>は　田中<small>た なか</small>です。
　敝姓田中。

❸ 団子<small>だん ご</small>の　単語<small>たん ご</small>を　覚<small>おぼ</small>えた。
　我學會「麻糬丸子」這個單字了。

繞 口令

竹屋<small>たけ や</small>に　丈高<small>たけたか</small>い　竹掛<small>たけ か</small>け　掛<small>か</small>けた。
　竹子店旁倚了根長竹竿。

17 ち[tʃi]的發音

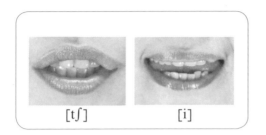

[tʃ]　　　[i]

「七」歲的花子，會說「七」種語言！

假 名這樣發音的

　　「ち」是子音[tʃ]跟母音[i]拼起來的。[tʃ]的發音是讓舌葉頂住上齒齦靠後的部分，把氣流擋起來，然後稍微放開，使氣流從細縫中摩擦而出。不要振動聲帶喔！

單 字聽了就會

〈在開頭的單字〉

❶ ち【血】血液

❷ ちち【父】爸爸

❸ ちかく【近く】附近

❹ ちかてつ【地下鉄】地下鐵

〈在中間的單字〉

❺ こちら【此方】這裡

❻ いちにち【一日】一天

〈在字尾的單字〉

❼ いち【一】一

❽ かたち【形】形狀

❾ かねもち【金持ち】有錢人

❿ ついたち【一日】一號

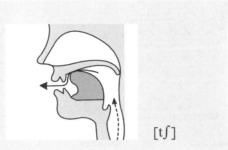
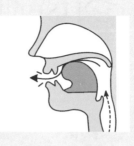

▶ **發音比比看** ···

　　ち[tʃi]的[tʃ]是跟つ[tsɯ]的[ts]，發音部位不同在，[tsɯ]受到母音[ɯ]的影響，所以舌位比較前面。[tʃ]跟[ts]都不要振動聲帶。

	[ち]		[つ]	
❶	ちかう【誓う】	發誓	つかう【使う】	使用
❷	ちみ【地味】	土質	つみ【罪】	罪行
❸	いち【位置】	位置	いつ【何時】	什麼時候
❹	かち【価値】	價值	かつ【勝つ】	勝利

例 **句說說看**

❶ ご馳走様。
　謝謝招待。

❷ 家は　近いです。
　我家離這裡不遠。

❸ その　試合は　勝つ　価値が　ある。
　那場競賽值得全力爭取勝利。

繞 **口令**

　地図では　近い、あちらと　こちら。
　　這裡和那裡在地圖上看來相距不遠。

18 つ[tsɯ]的發音

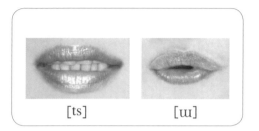

[ts]　　　　[ɯ]

這隻豬公被餵得肥
「滋」滋。

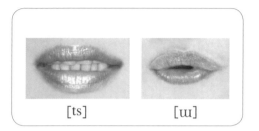

假 名這樣發音的

　　「つ」是子音[ts]跟母音[ɯ]拼起來的。[ts]的發音是讓舌尖頂住上齒根和上齒齦交界處，把氣流擋起來，然後稍微放開，使氣流從細縫中摩擦而出。不要振動聲帶喔！

單 字聽了就會

〈在開頭的單字〉

❶ つき【月】月亮　　　　　❷ つま【妻】妻子

❸ つち【土】土地　　　　　❹ つえ【杖】枴杖

〈在中間的單字〉

❺ いつか【五日】五號　　　❻ あつい【暑い】炎熱的

〈在字尾的單字〉

❼ いつつ【五つ】五個　　　❽ にもつ【荷物】行李

❾ せいかつ【生活】生活　　❿ たいせつ【大切】重要的

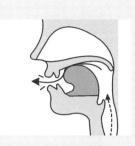 [ts]

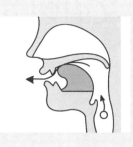 [dz]

▶ **發音比比看** ···

　　つ[tsɯ]的[ts]跟づ[dzɯ]的[dz]發音部位跟方法都是一樣的，不同的是[ts]不要振動聲帶，[dz]要振動聲帶。

[つ]		[づ]	
❶ あいつ	那傢伙	あいづ【会津】	（福島縣）會津
❷ いしつ【遺失】	遺失	いしづ【石津】	（大阪）石津
❸ いつつ【五つ】	五個	いづつ【井筒】	井圍
❹ つつく【突く】	戳	つづく【続く】	繼續

 句說說看

❶ ご親切(しんせつ)　ありがとう。
　　感謝您的親切相助。

❷ バス(ばす)は　もうすぐ　つきます。
　　巴士即將抵達。【バス<bus>：巴士】

❸ 杉(すぎ)の　次(つぎ)に　松(まつ)を　植(う)えます。
　　種完杉樹以後，現在要來種松樹了。

 口令

啄木鳥(きつつき)　木(き)　つつく、木(き)　傷(きず)つく。
啄木鳥啄樹，啄傷了樹。

19 て[te]的發音

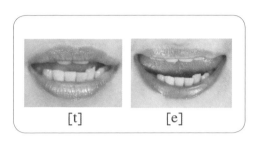

[t]　　　[e]

太貴了吧！嚇得
「貼」到牆壁上！

假 名這樣發音的

　　「て」是子音[t]跟母音[e]拼起來的。[t]的發音是舌尖要頂在上齒根和齒齦之間，然後很快把它放開，讓氣流衝出。不要震動聲帶喔！

單 字聽了就會

〈在開頭的單字〉

❶ て【手】手

❷ てら【寺】寺廟

❸ てつ【鉄】鐵

❹ ていか【定価】定價

❺ てんいん【店員】店員

❻ ていきけん【定期券】月票

〈在中間的單字〉

❼ すてき【素敵】美好的

❽ かてい【家庭】家庭

〈在字尾的單字〉

❾ あいて【相手】對方

❿ かたて【片手】單手

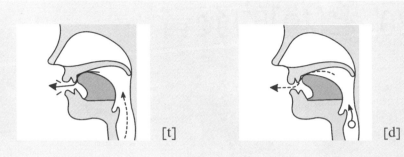

▶ **發音比比看** ···

て[te]的[t]跟 で[de]的[d]發音部位跟方法都是一樣的，不同的是[t]不要振動聲帶，[d]要振動聲帶。

[て]			[で]		
❶ てかけ	【手掛け】	扶手	でかけ	【出かけ】	出門
❷ てんき	【天気】	天氣	でんき	【電気】	電燈
❸ てんし	【天使】	天使	でんし	【電子】	電子
❹ てんち	【天地】	天地	でんち	【電池】	電池

例 **句説説看**

❶ いってきます。
我要出門了。

❷ はじめまして、寺元です。
幸會，敝姓寺元。

❸ いい 天気だ。山田電気に 行こう。
今天天氣很好，我們去山田電器行吧。

 口令

てんてん 手まりが 手あかで てかてか。
朵朵繡球花呀，被手把玩得亮晶晶。

20 と[to]的發音

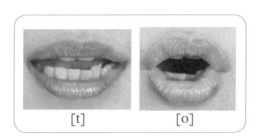

[t]　　　[o]

小偷偷偷摸摸地
「偷」東西。

假 名這樣發音的

　　「と」是子音[t]跟母音[o]拼起來的。[t]的發音是舌尖要頂在上齒根和齒齦之間，然後很快把它放開，讓氣流衝出。不要震動聲帶喔！

單 字聽了就會

〈在開頭的單字〉

❶ と【戶】門

❷ とけい【時計】時鐘

❸ ところ【所】場所

❹ とおか【十日】十號

❺ とうふ【豆腐】豆腐

❻ とりにく【鳥肉】雞肉

〈在中間的單字〉

❼ ことし【今年】今年

❽ ほんとう【本当】真的

〈在字尾的單字〉

❾ ひと【人】人

❿ おと【音】（物）聲音

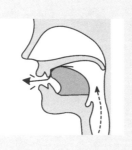

[t]

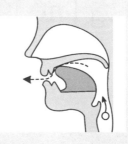

[d]

發音比比看

と[to]的[t]跟ど[do]的[d]發音部位跟方法都是一樣的，不同的是[t]不要振動聲帶，[d]要振動聲帶。

[と]			[ど]		
❶ いと【糸】	線		いど【井戸】	井	
❷ とる【取る】	拿		どる【ドル】	美金	
❸ けいと【毛糸】	毛線		けいど【経度】	經度	
❹ かんとう【関東】	關東		かんどう【感動】	感動	

 句說說看

❶ ちょっと　お願(ねが)い。
不好意思，想麻煩你一下。

❷ 土佐(とさ)で　茶道(さどう)を　教(おし)えた。
我在土佐教過茶道。

❸ 井戸(いど)に　糸(いと)を　落(お)とした。
把線段掉到水井裡了。

 口令

おっとっと、鳩(はと)と　蜻蛉(とんぼ)に　突然(とつぜん)の　突風(とっぷう)。
哎呀呀，鴿子和蜻蜓被一陣疾風吹得翻滾滾。

21 な[na]的發音

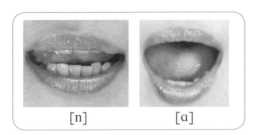

[n]　　　　[a]

他輕鬆奪得兩次奧運游泳
冠軍，真了不起「哪」！

假 名這樣發音的

「な」是子音[n]跟母音[a]拼起來的。[n]的發音是嘴巴張開，舌尖
頂住上牙齦，把氣流擋起來，讓氣流從鼻腔跑出來。要振動聲帶喔！

單 字聽了就會

〈在開頭的單字〉

❶ なか【中】中間　　　　❷ なつ【夏】夏天

❸ なす【茄子】茄子　　　❹ なく【泣く】哭泣

❺ ななつ【七つ】七個　　❻ なまえ【名前】名字

〈在中間的單字〉

❼ おなか【お腹】肚子　　❽ はなみ【花見】賞花

〈在字尾的單字〉

❾ おんな【女】女人　　　❿ さかな【魚】魚

52

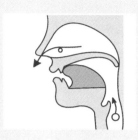 [n] 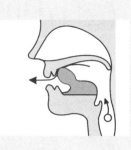 [r]

▶ 發音比比看

な[na]的[n]是舌尖頂住上牙齦，把氣流擋起來，讓氣流從鼻腔跑出來。而ら[ra]的[r]是日語特有的彈音，把舌尖翹起來輕輕碰上齒齦與硬顎，在氣流沖出時，輕彈一下！[n]跟[r]都要振動聲帶。

	[な]		[ら]	
❶	なく【泣く】	哭泣	らく【楽】	輕鬆的
❷	なん【難】	困難	らん【乱】	混亂
❸	いない【以内】	～以內	いらい【以来】	～以來
❹	かない【家内】	妻子	からい【辛い】	辣的

例 句說說看

❶ さようなら。
再見。

❷ 仕事は 楽で 泣く ことは ない。
　し ごと　　らく　　な
工作輕鬆，從不叫苦。

❸ 開業 以来、２年以内に 黒字に なった。
　かいぎょう い らい　に ねん い ない　　くろ じ
從開業以後，不到兩年的時間就轉虧為盈了。

繞 口令

ばななが ７本で なな ばなな。
　　　　 なな ほん
七根香蕉叫做七蕉。

22 に[ni]的發音

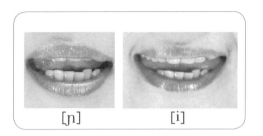

[n]   [i]

摔了一跤掉進田裡，
全身都是「泥」巴！

假 名這樣發音的

「に」是子音[n]跟母音[i]拼起來的。[n]的發音是舌面隆起，有些靠後面的硬顎，讓舌面的中部抵住硬顎，舌尖能碰到下齒，把氣流擋起來，讓氣流從鼻腔跑出來。要振動聲帶喔！

單 字聽了就會

〈在開頭的單字〉

❶ にく【肉】肉   ❷ にわ【庭】庭院

❸ にし【西】西邊   ❹ におい【匂い】味道

❺ にかい【二回】兩次   ❻ にんき【人気】有聲望的

〈在中間的單字〉

❼ おにいさん【お兄さん】哥哥   ❽ まいにち【毎日】每天

〈在字尾的單字〉

❾ くに【国】國家   ❿ おに【鬼】鬼

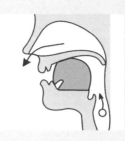 [ɲ]　　　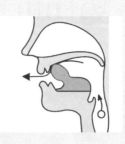 [r]

▶ **發音比比看** ···

　　に[ɲi]的[ɲ]是讓舌面的中部抵住硬顎，讓氣流從鼻腔跑出來的中舌鼻音。り[ri]的[r]是把尖翹起來，輕輕彈一下上齒齦與硬顎的彈音。[ɲ]跟[r]都要振動聲帶。

[に]	[り]
❶ あに【兄】哥哥	あり【蟻】　螞蟻
❷ にく【肉】肉	りく【陸】　陸地
❸ にち【日】～日	りち【理智】理智
❹ にじ【虹】彩虹	りじ【理事】理事

例 **句說說看**

❶ ここに　何^{なに}も　ない。
這裡一片荒蕪。

❷ 兄^{あに}が　ありを　食^たべた。
哥哥把一隻螞蟻吞下肚了。

❸ 二回^{にかい}　読^よんで　理解^{りかい}した。
反覆讀誦兩次以後就明白了語意。

 口令

すずめが　二羽^{にわ}、庭^{にわ}に　来^きて　いました。
兩隻小麻雀，飛到了庭園裡。

23 ぬ[nɯ]的發音

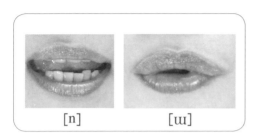

[n]　　　[ɯ]

衝啊！

我一定要成功！

「努」力一定會有結果！

 名這樣發音的

　　「ぬ」是子音[n]跟母音[ɯ]拼起來的。[n]的發音是嘴巴張開，舌尖頂住上牙齦，把氣流擋起來，讓氣流從鼻腔跑出來。要振動聲帶喔！

 字聽了就會

〈在開頭的單字〉

❶ ぬの【布】布料　　　❷ ぬる【塗る】塗抹

❸ ぬく【抜く】穿越　　　❹ ぬう【縫う】縫紉

❺ ぬすむ【盗む】盜竊　　　❻ ぬれる【濡れる】淋濕

〈在中間的單字〉

❼ たぬき【狸】狸貓　　　❽ いぬかき【犬掻き】狗爬式

〈在字尾的單字〉

❾ いぬ【犬】狗　　　❿ きぬ【絹】絹

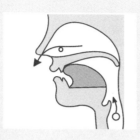

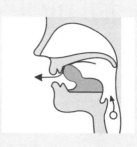

▶ 發音比比看

ぬ[nɯ]的[n]是舌尖頂住上牙齦，把氣流擋起來，讓氣流從鼻腔跑出來。而る[rɯ]的[r]是日語特有的彈音，把舌尖翹起來輕輕碰上齒齦與硬顎，在氣流沖出時，輕彈一下！[n]跟[r]都要振動聲帶。

[ぬ]		[る]	
❶ いぬ【犬】	狗	いる【存】	在
❷ きぬ【絹】	絹	きる【着る】	穿上
❸ しぬ【死ぬ】	死亡	しる【汁】	汁液
❹ ぬい【縫い】	縫（紉）	るい【類】	種類

例 句說說看

❶ 猫と 犬が 好きです。
我喜歡貓和狗。

❷ あの 汁は 死ぬほど まずい。
那道湯品真是難吃得要命。

❸ 憧れの 絹の 着物を 着ることが できた。
終於得以穿上了夢寐以求的綢緞和服。

繞 口令

濡れた 絹の 着物を 脱ぐ 娘。
正在褪去濕濕綢緞和服的女孩。

24 ね[ne]的發音

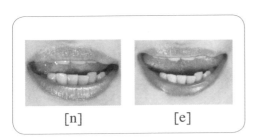

[n]　　　　[e]

不要氣「餒」！下次
再加油就好了！

假 名這樣發音的

「ね」是子音[n]跟母音[e]拼起來的。[n]的發音是嘴巴張開，舌尖頂住上牙齦，把氣流擋起來，讓氣流從鼻腔跑出來。要振動聲帶喔！

單 字聽了就會

〈在開頭的單字〉

❶ ねる【寝る】睡覺　　　　❷ ねん【年】～年

❸ ねつ【熱】熱度　　　　　❹ ねこ【猫】貓

〈在中間的單字〉

❺ ていねい【丁寧】細心的　❻ さらいねん【再来年】後年

〈在字尾的單字〉

❼ あね【姉】姊姊　　　　　❽ ふね【船】船

❾ たね【種】種子　　　　　❿ おかね【お金】金錢

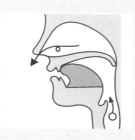
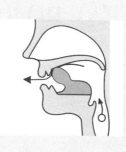

▶ **發音比比看** ⋯⋯⋯⋯⋯⋯⋯⋯⋯⋯⋯⋯⋯⋯⋯⋯⋯⋯⋯⋯⋯⋯⋯⋯⋯⋯

ね[ne]的[n]是舌尖頂住上牙齦，把氣流擋起來，讓氣流從鼻腔跑出來。而れ[re]的[r]是日語特有的彈音，把舌尖翹起來輕輕碰上齒齦與硬顎，在氣流沖出時，輕彈一下！[n]跟[r]都要振動聲帶。

	[ね]		[れ]	
❶	あね【姉】	姊姊	あれ	那個
❷	ねつ【熱】	發燒	れつ【列】	行列
❸	ねん【年】	～年	れん【連】	連續
❹	ねんが【年賀】	恭賀新年	れんが【煉瓦】	磚塊

例 句說說看

❶ ねえ、生まれ変わっても、一緒に なろうね。
哎，我們下輩子還要在一起喔。

❷ 年賀状に 煉瓦の 家を 書いた。
在賀年卡上畫了個以磚塊砌成的房子。

❸ 「年収」の 発音を 練習して いる。
正在練習「年薪」的發音。

繞 口令

猫板の ねずみを 狙って いる 猫の 子。
小貓咪正蓄勢準備捉補在火盆旁蓋上的老鼠。

25 の[no]的發音

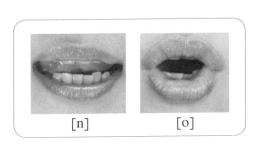

[n]　　　[o]

NO!

姊姊在減肥，跟甜食
說：「NO！」

假 名這樣發音的

「の」是子音[n]跟母音[o]拼起來的。[n]的發音是嘴巴張開，舌尖頂住上牙齦，把氣流擋起來，讓氣流從鼻腔跑出來。要振動聲帶喔！

單 字聽了就會

〈在開頭的單字〉

❶ のる【乗る】搭乘　　　　❷ のう【脳】頭腦

❸ のり【海苔】海苔　　　　❹ のうふ【農夫】農夫

❺ のみもの【飲み物】飲料　❻ のりもの【乗り物】交通工具

〈在中間的單字〉

❼ きのう【昨日】昨天　　　❽ ここのか【九日】九號

〈在字尾的單字〉

❾ しなもの【品物】物品　　❿ つの【角】角

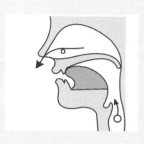 [n]　　　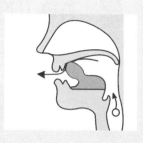 [r]

▶ 發音比比看 ···

　　の[no]的[n]是舌尖頂住上牙齦，把氣流擋起來，讓氣流從鼻腔跑出來。而ろ[ro]的[r]是日語特有的彈音，把舌尖翹起來輕輕碰上齒齦與硬顎，在氣流沖出時，輕彈一下！[n]跟[r]都要振動聲帶。

　　　　　　[の]　　　　　　　　　　　[ろ]

❶ この　　　　　這個　　　　ころ【頃】　　～時候

❷ のう【脳】　　頭腦　　　　ろう【老】　　年老

❸ かのう【可能】可能　　　　かろう【過労】過度疲勞

❹ くのう【苦悩】苦惱　　　　くろう【苦労】辛勞

例 句說說看

❶ 昨日の　夜は　楽しかったね。
きのう　よる　たの
昨天晚上玩得真開心呀。

❷ 老父は　村の　農夫で　あった。
ろうふ　むら　のうふ
年邁的父親曾是村子裡的農夫。

❸ 昨日は　髪を　切ろうかと　思った。
きのう　かみ　き　おも
我昨天晚上本來打算去剪頭髮。

繞 口令

野には　野の　草、名の　ない　草。
の　の　くさ　な　くさ
原野裡的野草是不知名的小草。

26 は[ha]的發音

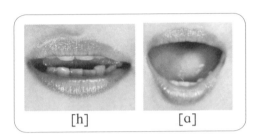

[h]　　　　[a]

哈哈哈哈哈哈哈

中樂透，樂得笑哈「哈」！

假 名這樣發音的

「は」是子音[h]跟母音[a]拼起來的。[h]的發音是嘴巴輕鬆張開，再改成後面的母音的嘴形（如[ha]就是[a]的嘴形），然後讓氣流從聲門摩擦而出，不要振動聲帶喔！

單 字聽了就會

〈在開頭的單字〉

❶ は【葉】葉子　　　　❷ はこ【箱】箱子

❸ はし【箸】筷子　　　❹ はな【花】花朵

❺ はは【母】媽媽　　　❻ はたち【二十歳】二十歳

〈在中間的單字〉

❼ こうはい【後輩】晚輩　　❽ すいはんき【炊飯器】電鍋

〈在字尾的單字〉

❾ このは【木の葉】樹葉　　❿ せいは【制覇】稱霸

MP3

track
26

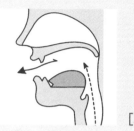

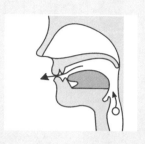

[h]　　　　　　　　　　　　　　　　[b]

▶ **發音比比看** ···

　　は[ha]的[h]發音時，嘴要張開，讓氣流從聲門摩擦而出，發音器官要盡量放鬆，呼氣不要太強。ば[ba]的[b]雙唇要緊閉形成阻塞，然後讓氣流衝破阻塞而出。另外，[h]不要振動聲帶，[b]要振動聲帶。

　　　　　　　[は]　　　　　　　　　　　　[ば]

❶ はい【杯】　　～杯　　　　　ばい【倍】　　　～倍

❷ はか【墓】　　墳墓　　　　　ばか【馬鹿】　　白痴

❸ はち【八】　　八　　　　　　ばち【罰】　　　懲罰

❹ はいく【俳句】俳句　　　　　ばいく【バイク】摩托車

例 句說說看

❶ はじめまして、橋本八子です。
　　幸會，我是橋本八子。

❷ バイクの　俳句を　作りました。
　　我以摩托車為題，做了一首俳句。【バイク<bike>：摩托車】

❸ 墓は　静かで、馬鹿は　うるさい。
　　逝者闃然無聲，愚者叨絮碎嘴。

繞 口令

母は　「ふふふふ」　母の　母は　「ほほほほ」。
媽媽嘻嘻笑，外婆呵呵笑。

[27] ひ[çi]的發音

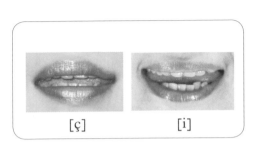

[ç]　　　　[i]

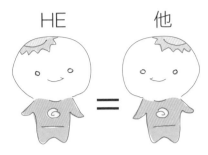

HE　　　　他

「HE」就是他，他就是「HE」！

假 名這樣發音的

「ひ」是子音[ç]跟母音[i]拼起來的。[ç]的發音是舌尖微向下，中舌面鼓起接近硬顎，形成一條狹窄的縫隙，使氣流從中間的縫隙摩擦而出，嘴形近似母音的[i]。不要振動聲帶喔！

單 字聽了就會

〈在開頭的單字〉

❶ ひ【火】火

❷ ひま【暇】空閒時間

❸ ひふ【皮膚】皮膚

❹ ひくい【低い】低的

❺ ひとつき【一月】一個月

❻ ひこうき【飛行機】飛機

〈在中間的單字〉

❼ おひる【お昼】中午

❽ うたひめ【歌姫】歌姫

〈在字尾的單字〉

❾ あさひ【朝日】朝陽

❿ せいかつひ【生活費】生活費

MP3 track 27

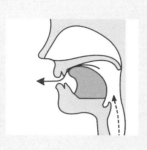 [ʃ]

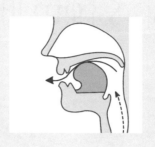 [ç]

發音比比看

ひ[çi]的[ç]中舌面要鼓起接近硬顎，使氣流從中間摩擦而出。し[ʃi]的[ʃ]舌葉抬起接近上齒齦和硬顎，讓氣流從這一條狹窄的縫隙摩擦而出。[ç]跟[ʃ]都不要振動聲帶。

	[し]		[ひ]	
❶	し【四】	四	ひ【火】	火
❷	しいる【シール】	貼紙	ひいる【ヒール】	高跟鞋
❸	しま【島】	島嶼	ひま【暇】	空閒時間
❹	しも【霜】	霜	ひも【紐】	繩子

例 句說說看

❶ その　日は　死を　見た。
那一天，死神敲門了。

❷ ししと　ひひを　見ました。
我看到了獅子和狒狒。

❸ 肥料の　資料を　集めました。
彙集了肥料的相關資料。

繞 口令

平凡な　日々に　火を　灯して　くれる。
在我平淡的生活裡點燃燦爛的火花。

28 ふ[ɸɯ]的發音

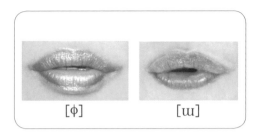

[ɸ]　　　　　　[ɯ]

「呼」呼把熱湯吹涼
後再喝。

假 名這樣發音的

　　「ふ」是子音[ɸ]跟母音[ɯ]拼起來的。[ɸ]的發音可以想像一下吹蠟燭！也就是雙唇靠近形成細縫，使氣流從雙唇間摩擦而出。不要振動聲帶！要注意嘴唇不可以太圓喔！

單 字聽了就會

〈在開頭的單字〉

❶ ふく【服】衣服　　　　❷ ふろ【風呂】浴室

❸ ふとん【布団】棉被　　❹ ふたつ【二つ】兩個

❺ ふくろ【袋】袋子　　　❻ ふうとう【封筒】信封

〈在中間的單字〉

❼ おうふく【往復】往返　　❽ たいふう【台風】颱風

〈在字尾的單字〉

❾ そふ【祖父】爺爺　　　❿ ふうふ【夫婦】夫婦

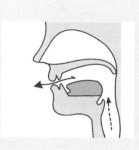

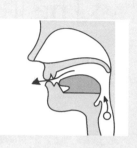

▶ **發音比比看** ⋯⋯⋯⋯⋯⋯⋯⋯⋯⋯⋯⋯⋯⋯⋯⋯⋯⋯⋯⋯⋯⋯⋯⋯

　　ふ[φɯ]的[φ]雙唇接近形成縫隙，讓氣流從中間摩擦而出。ぶ[bɯ]的[b]雙唇要緊閉形成阻塞，然後讓氣流衝破阻塞而出。[φ]不要振動聲帶，[b]要振動聲帶。

	［ふ］		［ぶ］	
❶	ふか【不可】	不行	ぶか【部下】	部下
❷	ふし【節】	竹節	ぶし【武士】	武士
❸	ふん【分】	～分	ぶん【文】	文章
❹	ふかい【深い】深的		ぶかい【部会】各部門會議	

例 **句說說看**

❶ ふうふう　吹いた。
使勁地呼呼吹氣。

❷ 豚肉を　入れて　蓋を　して　ください。
請將豬肉放入鍋裡後蓋上鍋蓋。

❸ 今回は　部下の　参加が　不可でした。
這次不允許部屬的參與。

繞 **口令**

福助　福助　福袋、ふくふく　かついで　福袋。
福助福助的福袋，揹著圓滾滾的大福袋。

29 へ[he]的發音

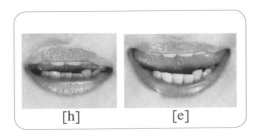

[h]　　　　[e]

夏天到海邊玩，曬得
好「黑」喔！

假 名這樣發音的

「へ」是子音[h]跟母音[e]拼起來的。[h]的發音是嘴巴輕鬆張開，再改成後面的母音的嘴形（如[he]就是[e]的嘴形），然後讓氣流從聲門摩擦而出，不要振動聲帶喔！

單 字聽了就會

〈在開頭的單字〉

❶ へた【下手】不擅長

❷ へや【部屋】房間

❸ へい【塀】圍牆

❹ へん【変】奇怪

❺ へいわ【平和】和平

❻ へいせい【平成】平成

〈在中間的單字〉

❼ おへそ【お臍】肚臍

❽ すいへい【水平】水平

〈在字尾的單字〉

❾ えへへ（笑聲）嘻嘻

❿ くにへ【国辺】國家

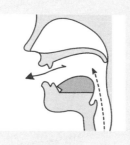

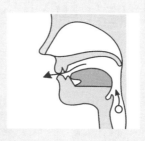

發音比比看 ···

　　へ[he]的[h]發音時，嘴要張開，讓氣流從聲門摩擦而出，發音器官要盡量放鬆，呼氣不要太強。べ[be]的[b]雙唇要緊閉形成阻塞，然後讓氣流衝破阻塞而出。另外，[h]不要振動聲帶，[b]要振動聲帶。

	[へ]		[べ]	
❶	へい【兵】	兵	べい【米】	美國的
❷	へき【壁】	圍牆	べき	應當
❸	へん【辺】	一帶	べん【弁】	花瓣
❹	へいか【平価】	平價	べいか【米価】	米價

例 句說說看

❶ 私は　部屋掃除が　下手です。
　　我不擅於打掃房間。
❷ 米軍の　兵は　戦って　います。
　　美軍士兵正在作戰。
❸ 弁当、返答、ありがとう。
　　謝謝你的便當和答覆。

 **口令**

へえと　言う　返事も　変な　兵隊。
古怪的士兵給了個不置可否的回答。

30 ほ[ho]的發音

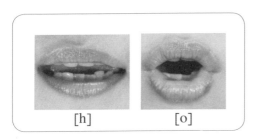

[h]　　　　[o]

喔齁齁齁齁～

爺爺樂得笑齁
「齁」！

假 名這樣發音的

　　「ほ」是子音[h]跟母音[o]拼起來的。[h]的發音是嘴巴輕鬆張開，再改成後面的母音的嘴形（如[ho]就是[o]的嘴形），然後讓氣流從聲門摩擦而出，不要振動聲帶喔！

單 字聽了就會

〈在開頭的單字〉

❶ ほか【外】其他　　　　**❷** ほん【本】書

❸ ほし【星】星星　　　　**❹** ほね【骨】骨頭

❺ ほそい【細い】細的　　**❻** ほうりつ【法律】法律

〈在中間的單字〉

❼ にほん【日本】日本　　**❽** かいほう【解放】解放

〈在字尾的單字〉

❾ とほ【徒步】徒步　　　**❿** こうほ【候補】候補

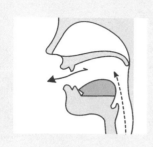 [h]   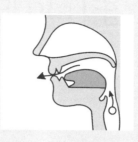 [b]

▶ **發音比比看** ···

ほ[ho]的[h]發音時，嘴要張開，讓氣流從聲門摩擦而出，發音器官要盡量放鬆，呼氣不要太強。ぼ[bo]的[b]雙唇要緊閉形成阻塞，然後讓氣流衝破阻塞而出。另外，[h]不要振動聲帶，[b]要振動聲帶。

[ほ]		[ぼ]	
❶ ほう【法】	法律	ぼう【棒】	棒子
❷ ほほ【頰】	臉頰	ほぼ【略】	大略地
❸ ほうか【放火】	放火	ぼうか【防火】	防火
❹ ほうこう【方向】	方向	ぼうこう【暴行】	暴力行為

例 句說說看

❶ 北海道で　骨を　折った。
我在北海道受傷骨折了。

❷ ぼくは　水が　ほしいです。
我想要喝水。

❸ 補修できる　人材を　募集して　いる。
公司正在招募擅長修繕的人才。

繞 口令

あっははははは、いっひひひひ、うっふふふふ、えっへへへへ、おっほほほほ。

啊～哈哈哈哈、咿～嘻嘻嘻嘻、唔～呼呼呼呼、耶～嘿嘿嘿嘿、喔～呵呵呵呵。

31 ま[ma]的發音

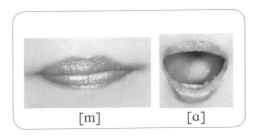

[m]　　　[a]

「媽」媽問說：真的是這樣嗎？

假 名這樣發音的

「ま」是子音[m]跟母音[a]拼起來的。[m]的發音是緊緊地閉住兩唇，把嘴裡的氣流給堵起來，讓氣流從鼻腔跑出來。要振動聲帶喔。

單 字聽了就會

〈在開頭的單字〉

❶ まえ【前】前面　　　❷ まくら【枕】枕頭

❸ まつり【祭】祭典　　❹ まんねんひつ【万年筆】鋼筆

〈在中間的單字〉

❺ あまい【甘い】甜的　　❻ したまち【下町】工商業者居住區

〈在字尾的單字〉

❼ いま【今】現在　　　❽ しま【島】島嶼

❾ あたま【頭】頭　　　❿ ひるま【昼間】中午

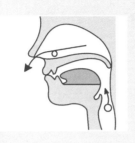 [m]

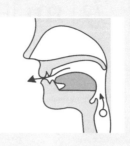 [b]

▶ 發音比比看 ··

　　ま[ma]的[m]雙唇緊閉形成阻塞，讓氣流從鼻腔流出。ば[ba]的[b]雙唇要緊閉形成阻塞，然後讓氣流衝破阻塞而出。另外，[m]和[b]都要振動聲帶。

	[ま]		[ば]	
❶	まい【毎】	毎～	ばい【倍】	～倍
❷	まつ【松】	松樹	ばつ【罰】	懲罰
❸	まん【万】	～萬	ばん【番】	第～
❹	まいかい【毎回】	每次	ばいかい【媒介】	媒介

例 句說說看

❶ <ruby>山本<rt>やまもと</rt></ruby>さんは　<ruby>居間<rt>いま</rt></ruby>に　いますよ。
山本小姐正在客廳裡呢。

❷ どの　<ruby>バス<rt>ばす</rt></ruby>に　<ruby>乗<rt>の</rt></ruby>りますか。
您要搭哪條路線的巴士呢？【バス<bus>：巴士】

❸ <ruby>毎日<rt>まいにち</rt></ruby>　<ruby>人一倍<rt>ひといちばい</rt></ruby>　<ruby>頑張<rt>がんば</rt></ruby>って　いる。
每天都比別人加倍的努力。

繞 口令

<ruby>生麦<rt>なまむぎ</rt></ruby>　<ruby>生米<rt>なまごめ</rt></ruby>　<ruby>生卵<rt>なまたまご</rt></ruby>。
生麥、生米、生蛋。

32 み[mi]的發音

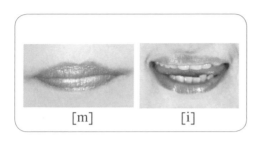

[m]　　　　[i]

呵呵～

太陽好大，貓「咪」
變成了瞇瞇眼。

假 名這樣發音的

「み」是子音[m]跟母音[i]拼起來的。[m]的發音是緊緊地閉住兩唇，把嘴裡的氣流給堵起來，讓氣流從鼻腔跑出來。要振動聲帶喔。

單 字聽了就會

〈在開頭的單字〉

❶ みち【道】道路　　　　❷ みみ【耳】耳朵

❸ みなみ【南】南邊　　　❹ みんな【皆】大家

❺ みなと【港】港口　　　❻ みおくり【見送り】目送

〈在中間的單字〉

❼ おみまい【お見舞い】探病　❽ はちみつ【蜂蜜】蜂蜜

〈在字尾的單字〉

❾ いみ【意味】意思　　　❿ かみ【髪】頭髮

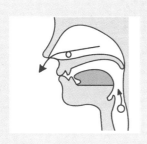
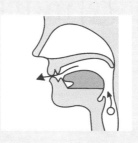

[m]　　　　　　　　　　[b]

▶ **發音比比看** ···

　　み[mi]的[m]雙唇緊閉形成阻塞，讓氣流從鼻腔流出。び[bi]的[b]雙唇要緊閉形成阻塞，然後讓氣流衝破阻塞而出。另外，[m]和[b]都要振動聲帶。

	[み]	[び]
❶	おみ【臣】臣下	おび【帶】腰帶
❷	かみ【紙】紙張	かび【黴】霉菌
❸	くみ【組】組	くび【首】脖子
❹	ゆみ【弓】弓	ゆび【指】手指

例 **句說說看**

❶ 南の　部屋は　明るいですね。
　　みなみ　へや　　あか
向南的房間光線明亮。

❷ 春は　花見、夏は　花火で　盛り上がります。
　　はる　はなみ　なつ　はなび　　も　あ
這裡時興熱熱鬧鬧地在春天賞花、夏天看煙火。

❸ 紙に　かびが　残って　いる。
　　かみ　　　　　のこ
紙張發霉了。

繞 **口令**

ミニ　右耳　右に　２ミリ。
み に　みぎみみ　みぎ　　に みり
在小巧的右耳的右邊兩釐米。【ミニ<mini>：小的；ミリ<milli>：公釐】

33 む[mɯ]的發音

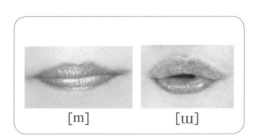

[m]　　　　　[ɯ]

Good！

你好讚！給你一個大
「拇」指！

假 名這樣發音的

　　「む」是子音[m]跟母音[ɯ]拼起來的。[m]的發音是緊緊地閉住兩唇，把嘴裡的氣流給堵起來，讓氣流從鼻腔跑出來。要振動聲帶喔。

單 字聽了就會

〈在開頭的單字〉

❶ むし【虫】蟲

❷ むら【村】村莊

❸ むり【無理】不合理

❹ むね【胸】胸部

❺ むいか【六日】六號

❻ むかし【昔】以前

〈在中間的單字〉

❼ さむい【寒い】寒冷的

❽ けむり【煙】煙霧

〈在字尾的單字〉

❾ あむ【編む】編織

❿ うむ【生む】生產

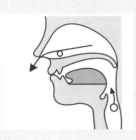 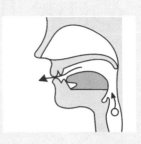

[m]　　　　　　　　[b]

▶ **發音比比看** ···

　　む[mɯ]的[m]雙唇緊閉形成阻塞，讓氣流從鼻腔流出。ぶ[bɯ]的[b]雙唇要緊閉形成阻塞，然後讓氣流衝破阻塞而出。另外，[m]和[b]都要振動聲帶。

　　　　　　[む]　　　　　　　　　　[ぶ]

❶ むき【向き】面向～　　　ぶき【武器】武器

❷ むし【虫】　蟲　　　　　ぶし【武士】武士

❸ むじ【無地】素面的　　　ぶじ【無事】平安無事

❹ むり【無理】勉強　　　　ぶり【振り】樣態

 句說說看

❶ 娘は　二歳です。
女兒今年兩歳。

❷ あの　弱虫が　武士に　なった。
那個膽小鬼成了武士。

❸ 自分の　作った　小舟に　胸を　張れ。
對自己造的小船要有信心！

繞 **口令**

麦ごみ　麦ごみ　三麦ごみ、合わせて　麦ごみ　六麦ごみ。
麥殼麥殼三粒麥殼，所有麥殼合起來是六粒麥殼。

34 め[me]的發音

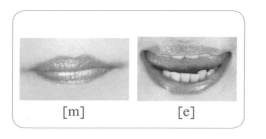

| [m] | [e] |

正「妹」朝我走過來了！

假 名這樣發音的

「め」是子音[m]跟母音[e]拼起來的。[m]的發音是緊緊地閉住兩唇，把嘴裡的氣流給堵起來，讓氣流從鼻腔跑出來。要振動聲帶喔。

單 字聽了就會

〈在開頭的單字〉

❶ め【目】眼睛　　　　❷ めし【飯】米飯

❸ めいし【名刺】名片　❹ めいわく【迷惑】困擾

〈在中間的單字〉

❺ あさめし【朝飯】早餐　❻ うんめい【運命】命運

〈在字尾的單字〉

❼ あめ【雨】雨　　　　❽ かめ【亀】烏龜

❾ つめ【爪】指甲　　　❿ むすめ【娘】女兒

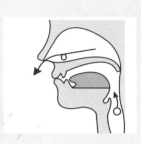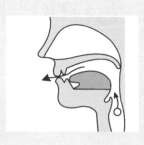

▶ **發音比比看** ···

　　め[me]的[m]雙唇緊閉形成阻塞,讓氣流從鼻腔流出。べ[be]的[b]雙唇要緊閉形成阻塞,然後讓氣流衝破阻塞而出。另外,[m]和[b]都要振動聲帶。

[め]		[べ]	
❶ かめ【亀】	烏龜	かべ【壁】	牆壁
❷ めつ【滅】	熄滅	べつ【別】	分別
❸ めん【麺】	麵條	べん【便】	方便
❹ ためる【溜める】	儲存	たべる【食べる】	吃

 句說說看

❶ 目を　見て　話して　ください。
說話時請看著對方的眼睛。

❷ 兄は　面会の　ときも、一切　弁解しない。
哥哥即使在面會時,也沒有為自己做任何的辯解。

❸ 別荘に　住む　なんて、滅相も　ない。
我哪能住在別墅裡呢,這怎麼敢當呀!

 口令

雨にめいって、めそめそすると　女々しい。
淋了雨後哭哭啼啼的,真沒有男子氣概!

35 も[mo]的發音

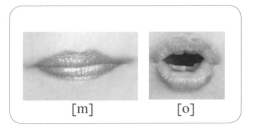

[m]　　　[o]

嗨～嗨～～

牛沒有草吃了，餓得「嗨嗨」叫。

假 名這樣發音的

「も」是子音[m]跟母音[o]拼起來的。[m]的發音是緊緊地閉住兩唇，把嘴裡的氣流給堵起來，讓氣流從鼻腔跑出來。要振動聲帶喔。

單 字聽了就會

〈在開頭的單字〉

❶ もの【物】東西

❷ もん【門】大門

❸ もり【森】森林

❹ もめん【木綿】棉

〈在中間的單字〉

❺ きもち【気持ち】心情

❻ いもうと【妹】妹妹

❼ かいもの【買い物】購物

❽ せんもん【専門】専門

〈在字尾的單字〉

❾ くも【雲】雲

❿ もも【桃】桃子

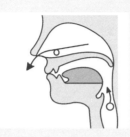
[m]

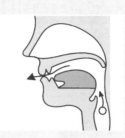
[b]

▶ **發音比比看** ···

　　も[mo]的[m]雙唇緊閉形成阻塞，讓氣流從鼻腔流出。ぼ[bo]的[b]雙唇要緊閉形成阻塞，然後讓氣流衝破阻塞而出。另外，[m]和[b]都要振動聲帶。

　　　　　　[も]　　　　　　　　　　[ぼ]

❶ もく【木】　　木　　　ぼく【僕】　　　我(男子對平輩以下的自稱)

❷ もち【餅】　　年糕　　ぼち【墓地】　　墳場

❸ もん【門】　　大門　　ぼん【盆】　　　盤子

❹ もうし【申し】喂　　　ぼうし【帽子】帽子

例 **句說說看**

❶ 荷物は　重いですね。
行李真重呀。

❷ 猛犬を　連れて、冒険に　挑戦した。
帶著凶猛的狗挑戰冒險。

❸ 餅を　買って、墓地に　入った。
買了麻糬後到了墳場。

 口令

すももも　桃も　ももの　うち。
李子和桃子都算是桃子的一種。

36 や[ja]的發音

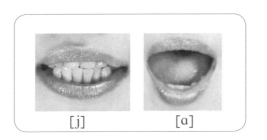

[j]　　　[a]

Surprise!

Push

只要按那個按鈕，
「鴨」子就會跑出來！

假 名這樣發音的

「や」是半母音[j]跟母音[a]拼起來的。[j]的發音部位跟[i]很像，也就是讓在舌面中間的中舌面，跟在它正上方的硬口蓋接近，而發出的聲音。要振動聲帶喔！半母音同時具有母音跟子音的特徵。

單 字聽了就會

〈在開頭的單字〉

❶ やま【山】山　　　　　　❷ やね【屋根】屋頂

❸ やすみ【休み】休息　　　❹ やさい【野菜】蔬菜

❺ やちん【家賃】房租　　　❻ やくそく【約束】約定

〈在中間的單字〉

❼ はやい【速い】快的　　　❽ なつやすみ【夏休み】暑假

〈在字尾的單字〉

❾ おや【親】父母　　　　　❿ ほんや【本屋】書店

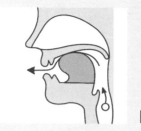 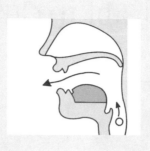

▶ **發音比比看** ···

　　や[jɑ]中的[j]是讓中舌面，跟在它正上方的硬口蓋接近，而發出的聲音。發音比母音短而輕；母音あ[ɑ]是口腔自然地張大，舌頭放低稍微向後縮，舌頭跟下巴一起往下。發音時音色鮮明。兩者都要振動聲帶。

　　　　　　[や]　　　　　　　　　　　　[あ]

❶ やく【焼く】烤　　　　　　あく【空く】空出

❷ やね【屋根】屋頂　　　　　あね【姉】　姊姊

❸ やみ【闇】　黑暗　　　　　あみ【網】　網子

❹ やる【遣る】給〜　　　　　ある【有る】有

 句說說看

❶ やよいさんは　やさしい。
彌生小姐很溫柔。

❷ 野菜は　浅い　皿に　盛り付ける。
蔬菜是裝盛在淺碟子裡的。

❸ うちの　大家さんは　八百屋さんだ。
我的房東是蔬果店的老闆。

繞　口令

山を　越え、やあやあ　やれやれ。
一起翻越高山峻嶺，嘿唷嘿唷，辛苦辛苦。

37 ゆ[jɯ]的發音

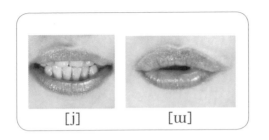

[j]　　　[ɯ]

You！！

第一名就是
「YOU」！

假 名這樣發音的

　　「ゆ」是半母音[j]跟母音[ɯ]拼起來的。[j]的發音部位跟[i]很像，也就是讓在舌面中間的中舌面，跟在它正上方的硬口蓋接近，而發出的聲音。要振動聲帶喔！

單 字聽了就會

〈在開頭的單字〉

❶ ゆき【雪】雪

❷ ゆか【床】地板

❸ ゆめ【夢】夢想

❹ ゆうき【勇気】勇氣

❺ ゆるい【緩い】緩慢的

❻ ゆのみ【湯飲み】日式茶杯

〈在中間的單字〉

❼ えいゆう【英雄】英雄

❽ ふゆやすみ【冬休み】寒假

〈在字尾的單字〉

❾ ふゆ【冬】冬天

❿ つゆ【梅雨】梅雨

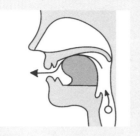
[j]

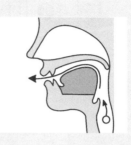
[ɯ]

▶ 發音比比看

ゆ[jɯ]的[j]是讓中舌面，跟在它正上方的硬口蓋接近，而發出的聲音。發音比母音短而輕。母音的う[ɯ]是雙唇保持扁平，雙唇兩端左右往中央稍稍靠攏，後舌面隆起靠近軟顎。發音時音色鮮明。兩者都要振動聲帶。

[ゆ]			[う]		
❶ あゆ	【鮎】	香魚	あう	【合う】	適合
❷ ゆえ	【故】	理由	うえ	【上】	上面
❸ ゆき	【雪】	雪	うき	【雨季】	雨季
❹ ゆず	【柚子】	柚子	うず	【渦】	漩渦

例 句說說看

❶ 梅さんの 夢は 何ですか。
　梅小姐，您的夢想是什麼呢？

❷ 雨季に 雪が 降りました。
　在雨季裡下了雪。

❸ ラーメンと 鮎が 合うのよ。
　拉麵和香魚非常對味。【ラーメン<拉麵>：拉麵】

繞 口令

朝焼けは 雨、夕焼けは 晴れ。
日出時分飄著雨，日落時分天氣晴。

38 よ[jo]的發音

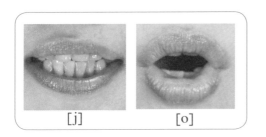

[j]　　　　[o]

唉「喲」！踩到香蕉
皮，滑了一大跤！

假 名這樣發音的

「よ」是半母音[j]跟母音[o]拼起來的。[j]的發音部位跟[i]很像，
也就是讓在舌面中間的中舌面，跟在它正上方的硬口蓋接近，而發出
的聲音。要振動聲帶喔！

單 字聽了就會

〈在開頭的單字〉

❶ よる【夜】晚上　　　　　❷ よむ【読む】閱讀

❸ よわい【弱い】弱小的　　❹ よみせ【夜店】夜市

❺ ようちえん【幼稚園】幼稚園　❻ ようふく【洋服】西服

〈在中間的單字〉

❼ としより【年寄り】年長者　❽ たいよう【太陽】太陽

〈在字尾的單字〉

❾ きよ【寄与】貢獻　　　　❿ めいよ【名誉】名譽

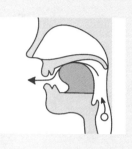 [j]

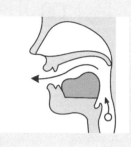 [o]

▶ **發音比比看** ···

よ[jo]的[j]是讓中舌面，跟在它正上方的硬口蓋接近，而發出的聲音。發音比母音短而輕。母音的お[o]是下巴還要往下，舌向後縮後舌面隆起，要圓唇。發音時音色鮮明。兩者都要振動聲帶。

[よ]		[お]	
❶ よい【良い】	好的	おい【甥】	姪子
❷ よび【予備】	預備	おび【帯】	腰帶
❸ よみせ【夜店】	夜市	おみせ【お店】	店家
❹ よわる【弱る】	衰弱	おわる【終わる】	結束

 句說說看

❶ 夜店は　おいしい　お店が　いっぱいです。
有許多夜市的店家，食物都美味極了。

❷ 洋服を　買うため、東京まで　往復して　きた。
為了買衣服，特地跑了一趟東京。

❸ いまは　太陽電池で　対応できる。
現在可使用的種類也包括了太陽能電池。

 口令

よたよたの　よぼよぼに　よそよそしいのは　よくないよ。
腳步蹣跚拖行，再加上冷漠的表情，這種態度不大好喔。

39 ら[ra]的發音

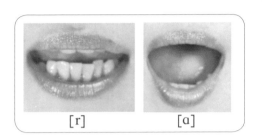

[r]　[a]

妳男朋友怎麼這麼
「邋」遢啊？

假 名這樣發音的

　　「ら」是子音[r]跟母音[a]拼起來的。[r]的發音是把舌尖翹起來輕輕碰上齒齦與硬顎之間的部位，在氣流沖出時，輕彈一下，同時振動聲帶！[r]的發音跟英文的[l]不一樣喔！

單 字聽了就會

〈在開頭的單字〉

❶ らく【楽】輕鬆的　　❷ らいねん【来年】明年

〈在中間的單字〉

❸ みらい【未来】未來　　❹ からい【辛い】辣的

❺ むらさき【紫】紫色　　❻ おてあらい【お手洗い】洗手間

〈在字尾的單字〉

❼ うら【裏】背面　　❽ とら【虎】老虎

❾ いくら　多少錢　　❿ そちら　那邊

MP3

track
39

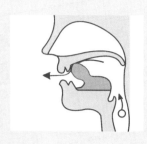 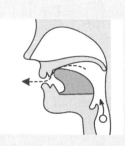

[r]　　　　　　　　　　　　[d]

▶ **發音比比看** ···

　　ら[ra]的[r]是舌尖輕碰上齒齦與硬顎之間，在氣流沖出時，輕彈一下。だ[da]的[d]是舌尖抵住上齒齦和硬顎之間，形成阻塞，再讓氣流衝破阻塞而出。[r]和[d]都要振動聲帶。

<table>
<tr><td>[ら]</td><td>[だ]</td></tr>
</table>

❶ むら【村】村子　　　　　むだ【無駄】浪費

❷ らい【雷】雷　　　　　　だい【代】　時代

❸ らく【楽】輕鬆的　　　　だく【抱く】擁抱

❹ らん【乱】混亂　　　　　だん【段】　段

例 **句說說看**

❶ 原さんの　肌は　きれいだ。
　原小姐的肌膚真是晶瑩剔透呀。

❷ 乱暴して　暖房を　壊しました。
　他拳打腳踢的，把暖氣機弄壞了。

❸ 村の　人は　無駄な　生活を　しました。
　村民的生活方式十分浪費。

 口令

いらいらするから　笑われる。でれでれするから　侮られる。
就是因為脾氣焦躁才會遭人恥笑；就是因為懶散邋遢才會被人欺負。

40 り[ri]的發音

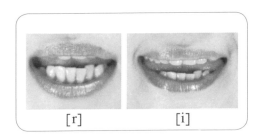

[r]　　　[i]

你家看起來很不錯
「哩」！

假 名這樣發音的

　　「り」是子音[r]跟母音[i]拼起來的。[r]的發音是把舌尖翹起來輕輕碰上齒齦與硬顎之間的部位，在氣流沖出時，輕彈一下，同時振動聲帶！[r]的發音跟英文的[l]不一樣喔！

單 字聽了就會

〈在開頭的單字〉

❶ りゆう【理由】理由　　　　❷ りそう【理想】理想

〈在中間的單字〉

❸ のりかえ【乗り換え】轉乘　　❹ おまわりさん【お巡りさん】巡警

〈在字尾的單字〉

❺ あり【蟻】螞蟻　　　　　❻ くすり【薬】藥物

❼ となり【隣】隔壁　　　　❽ ふたり【二人】兩人

❾ くもり【曇り】陰天　　　❿ としより【年寄り】年長者

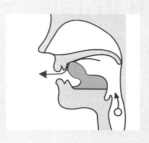

[r]

 句說說看

❶ 私_{わたし}は　よく　地下鉄_{ちかてつ}に　乗_のります。
我經常搭乘地下鐵。

❷ ここは　便利_{べんり}な　ところですね。
這附近的居住機能非常完善。

❸ 新宿_{しんじゅく}まで、一時間_{いちじかん}　かかります。
從這裡到新宿需耗時一個鐘頭。

繞 **口令**

瓜売_{うりう}りが　瓜売_{うりう}りに　来_きて、瓜売_{うりう}り　帰_{かえ}る　瓜売_{うりう}りの　声_{こえ}。
賣瓜的人來賣瓜；賣瓜的人嚷著：賣瓜的要走囉。

41 る[rɯ]的發音

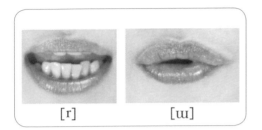

[r]　　　[ɯ]

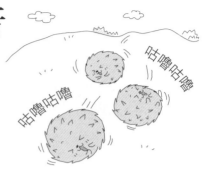

從山坡上咕「嚕」咕
「嚕」滾了下來。

假 名這樣發音的

　　「る」是子音[r]跟母音[ɯ]拼起來的。[r]的發音是把舌尖翹起來輕輕碰上齒齦與硬顎之間的部位，在氣流沖出時，輕彈一下，同時振動聲帶！[r]的發音跟英文的[l]不一樣喔！

單 字聽了就會

〈在開頭的單字〉

❶ るす【留守】不在家　　　❷ るい【類】種類

〈在中間的單字〉

❸ くるま【車】車子　　　❹ あるく【歩く】走路

❺ ひるま【昼間】白天　　　❻ かるい【軽い】輕的

〈在字尾的單字〉

❼ はる【春】春天　　　❽ まる【丸】圓圈

❾ さる【猿】猴子　　　❿ みそしる【味噌汁】味噌湯

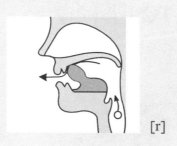

[r]

 句說說看

❶ 丸子さんは　今留守です。
　丸子小姐目前不在。

❷ 車は　久津間まで　走った。
　車子開到了久津間。

❸ 羽津さんは　春が　好きだ。
　羽津先生喜歡春天。

繞 **口令**

一塁、二塁、三塁を　回るのが、ルールである。
　球賽的規則是依序從一壘、二壘、三壘跑一圈。【ルール<rule>：規則】

42 れ[re]的發音

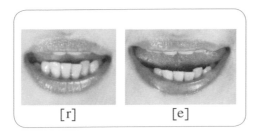

[r]　　　　[e]

我的銅鑼燒「咧」？

假 名這樣發音的

　　「れ」是子音[r]跟母音[e]拼起來的。[r]的發音是把舌尖翹起來輕輕碰上齒齦與硬顎之間的部位，在氣流沖出時，輕彈一下，同時振動聲帶！[r]的發音跟英文的[l]不一樣喔！

單 字聽了就會

〈在開頭的單字〉

❶ れい【零】零

❷ れきし【歷史】歷史

❸ れんらく【連絡】聯絡

❹ れんあい【恋愛】戀愛

〈在中間的單字〉

❺ おれい【お礼】答謝

❻ しつれい【失礼】失敬

〈在字尾的單字〉

❼ これ　這個

❽ かれ【彼】他

❾ おしいれ【押入れ】壁櫥

❿ うりきれ【売り切れ】售清

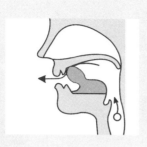
[r]

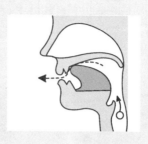
[d]

▶ **發音比比看** ·······································

　　れ[re]的[r]是舌尖輕碰上齒齦與硬顎之間，在氣流沖出時，輕彈一下。で[de]的[d]是舌尖抵住上齒齦和硬顎之間，形成阻塞，再讓氣流衝破阻塞而出。[r]和[d]都要振動聲帶。

	[れ]		[で]	
❶	それ	那個	そで【袖】	袖子
❷	はれ【晴れ】	晴天	はで【派手】	華麗的
❸	れんき【連記】	並列寫上	でんき【電気】	電燈
❹	せんれん【洗練】	精鍊	せんでん【宣伝】	宣傳

例 句說說看

❶ 電話で　連絡します。
でん　わ　れんらく
我會以電話聯繫。

❷ それは　おそらく　袖でしょう。
そで
我想那應該是衣服的袖子吧。

❸ 晴れの　日は、ちょっと　派手な　格好を　しよう。
は　　　ひ　　　　　　　は　で　　かっこう
在晴朗的日子裡打扮得稍微華麗一點吧。

繞 口令

連れの　いずれの　連中にも　連絡するな。
つ　　　　　　れんちゅう　　れんらく
不准和你同行的任何傢伙聯絡！

43 ろ[ro]的發音

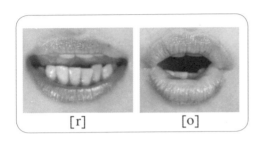

[r]　　　[o]

哈囉！

美國人打招呼，說哈「囉」！

假 名這樣發音的

　　「ろ」是子音[r]跟母音[o]拼起來的。[r]的發音是把舌尖翹起來輕輕碰上齒齦與硬顎之間的部位，在氣流沖出時，輕彈一下，同時振動聲帶！[r]的發音跟英文的[l]不一樣喔！

單 字聽了就會

〈在開頭的單字〉

❶ ろく【六】六　　　　　　❷ ろうか【廊下】走廊

❸ ろうそく【蝋燭】蠟燭　　❹ ろくおん【録音】錄音

〈在中間的單字〉

❺ ひろさ【広さ】寬度　　　❻ くろい【黒い】黑色的

〈在字尾的單字〉

❼ しろ【白】白色　　　　　❽ おふろ【お風呂】浴室

❾ うしろ【後ろ】後面　　　❿ はいいろ【灰色】灰色

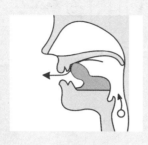
[r]

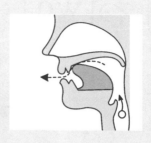
[d]

▶ **發音比比看** ··

　　ろ[ro]的[r]是舌尖輕碰上齒齦與硬顎之間，在氣流沖出時，輕彈一下。ど[do]的[d]是舌尖抵住上齒齦和硬顎之間，形成阻塞，再讓氣流衝破阻塞而出。[r]和[d]都要振動聲帶。

	[ろ]		[ど]	
❶	いろ【色】	顏色	いど【緯度】	緯度
❷	ろく【六】	六	どく【毒】	毒
❸	ひろい【広い】	寬敞的	ひどい【酷い】	過份的
❹	ろうか【廊下】	走廊	どうか【同化】	同化

例 **句說說看**

❶ 夫婦で　一緒に　お風呂に　入ろう。
　ふうふ　　いっしょ　　　ふろ　　　はい
　夫妻一起洗個鴛鴦浴吧。

❷ ぼくは　白い　廊下を　渡ります。
　　　　　しろ　ろうか　　わた
　我走在白色的走廊上。

❸ 工藤さんは　苦労して　働きました。
　くどう　　　くろう　　　はたら
　工藤先生的工作非常辛苦。

繞 **口令**

老人の　炉辺論争を　六十六分　録画。
ろうじん　ろ　ばたろんそう　ろくじゅうろっぷん　ろく　が
　錄下了66分鐘老人們圍爐爭論的影片。

44 わ[wa]、を[o]的發音

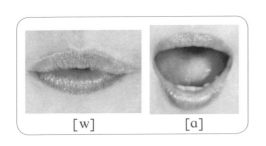

[w]　　　[a]

池塘邊的青「蛙」大
合唱，呱呱呱！

假 名這樣發音的

　　「わ」是半母音[w]跟母音[a]拼起來的。[w]的發音部位跟[ɯ]很類似。上下兩唇稍微合攏，產生微弱的摩擦。舌面要讓它鼓起來，像個半圓形。要振動聲帶喔！而「を」的發音就跟「お」是一樣的！（請見P20）。

單 字聽了就會

〈在開頭的單字〉

❶ わに【鰐】鱷魚　　　　❷ わたし【私】我

❸ わかい【若い】年輕的　❹ わすれもの【忘れ物】遺忘物品

〈在中間的單字〉

❺ こわい【怖い】可怕的　❻ おわり【終わり】結尾

❼ にわとり【鶏】雞　　　❽ おいわい【お祝い】祝賀

〈在字尾的單字〉

❾ かわ【川】河川　　　　❿ いわ【岩】岩石

〈在句子的中間〉

⓫ ご飯を　食べます。　吃飯。

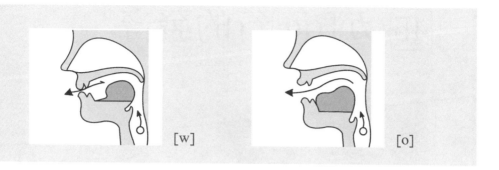

發音比比看 ··

わ[wɑ]的[w]是半母音，發音的嘴形跟母音[ɯ]大致相同，但音要發得短而輕。跟[ɯ]一樣也不是圓唇。[o]是舌向後縮，後舌面隆起，是圓唇。[ɯ]跟[o]都要振動聲帶。

[わ]			[お]		
❶ わく【沸く】	沸騰		おく【置く】	放置	
❷ わに【鰐】	鱷魚		おに【鬼】	鬼	
❸ わる【割る】	切割		おる【折る】	折斷	
❹ われ【我】	我（文言）		おれ【俺】	我（男子對平輩以下的自稱）	

 句說說看

❶ 顔を 洗おう。
洗臉吧。

❷ 私を 笑わないで ください。
請不要嘲笑我。

❸ こいつは 鰐じゃない、鬼だ！
這傢伙豈止是鱷魚，根本是個惡魔！

繞 口令

裏庭には 二羽、庭には 二羽 鶏が いる。
後院裡有兩隻雞，前庭裡有兩隻雞。

45 が[gɑ]行的發音

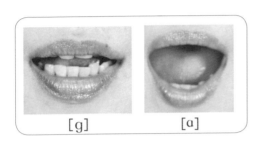

[g]　　　[ɑ]

烏鴉「嘎嘎」叫，吵
得我睡不著。

假 名這樣發音的

　　「が、ぎ、ぐ、げ、ご」是子音[g]跟母音[ɑ、i、ɯ、e、o]拼起來
的。[g]的發音是發音的方式，跟部位跟[k]一樣，不一樣的是要振動聲
帶。

單 字聽了就會

〈在開頭的單字〉

❶ がくせい【学生】學生　　　❷ ぎんこう【銀行】銀行

❸ げか【外科】外科　　　　　❹ ごみ　垃圾

〈在中間的單字〉

❺ かがみ【鏡】鏡子　　　　　❻ しごと【仕事】工作

〈在字尾的單字〉

❼ かぎ【鍵】鑰匙　　　　　　❽ ぬぐ【脱ぐ】脫掉

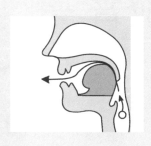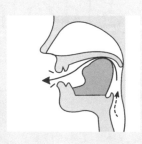

[g]

[k]

▶ 發音比比看

が[ga]行中的[g]跟か[ka]行中的[k]發音部位跟方法都是一樣的，不同的是[g]要振動聲帶，[k]不要振動聲帶。

[が行]			[か行]		
❶ がわ【革】	皮革		かわ【川】	河川	
❷ かぎ【鍵】	鑰匙		かき【柿】	柿子	
❸ ぐち【愚痴】	怨言		くち【口】	嘴巴	
❹ げっこう【月光】	月光		けっこう【結構】	很好	
❺ ごうか【豪華】	豪華		こうか【効果】	效果	

 句說說看

❶ ごきげんよう。
您好。

❷ 加賀君は　ガムを　かむ。
<ruby>加<rt>か</rt></ruby><ruby>賀<rt>が</rt></ruby><ruby>君<rt>くん</rt></ruby>
加賀正在嚼口香糖。

❸ ここは　韓国の　監獄です。
<ruby>韓国<rt>かんこく</rt></ruby> <ruby>監獄<rt>かんごく</rt></ruby>
這裡是韓國的監獄。

 口令

タンゴを　踊りながら　単語を　覚えた。
<ruby>単語<rt>たんご</rt></ruby> <ruby>踊<rt>おど</rt></ruby> <ruby>単語<rt>たんご</rt></ruby> <ruby>覚<rt>おぼ</rt></ruby>
邊跳探戈邊背單字。【タンゴ<tango>：探戈】

46 ざ[dza]行的發音

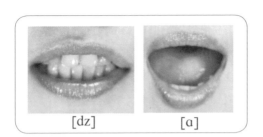

[dz]   [a]

穿制服就要把襯衫
「紮」好！

假 名這樣發音的

　　「ざ、ず、ぜ、ぞ」是子音[dz]跟母音[a、i、w、e、o]拼起來的。[dz]的發音方式、部位跟[ts]一樣，不一樣的是要振動聲帶。「じ」是子音[dʒ]跟母音[i]拼起來的。[dʒ]的發音是舌葉抵住上齒齦，把氣流擋起來，然後稍微放開，讓氣流從縫隙中摩擦而出。要振動聲帶喔！

單 字聽了就會

〈在開頭的單字〉

❶ じかん【時間】時間   ❷ じけん【事件】事件

〈在中間的單字〉

❸ はいざら【灰皿】煙灰缸   ❹ しずか【静か】安靜的

❺ あんぜん【安全】安全的   ❻ かぞく【家族】家人

〈在字尾的單字〉

❼ みず【水】水   ❽ かぜ【風邪】感冒

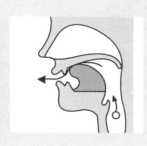 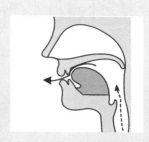

▶ **發音比比看** ···

　　ざ[dzɑ]行中的[dz]跟 さ[sɑ]行中的[s]發音部位跟方法都是一樣
的，不同的是[dz]要振動聲帶，[s]不要振動聲帶。

[ざ行]		[さ行]	
❶ ざつ【雑】	雜亂的	さつ【冊】	〜本
❷ じき【時期】	時期	しき【四季】	四季
❸ あいず【合図】	信號	あいす【アイス】	冰
❹ ぜいかん【税関】	海關	せいかん【生還】	生還
❺ かぞく【家族】	家人	かそく【加速】	加速

例 **句說說看**

❶ 銀行は 映画館の 前に あります。
　銀行就在電影院的前方。

❷ この 時間は 痴漢が 多い。
　有很多色狼會在這個時段出沒。

❸ 長女の 長所は 何でしょう。
　請問長女的優點是什麼呢？

繞 **口令**

　頭は ずきずき、体は ぞくぞく、風邪 引いた。
　頭部抽痛、身體發抖，我感冒了。

[47] だ[da]行的發音

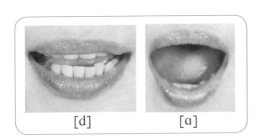

[d]　　　[a]

要「搭」公車還是計程車呢？

假 名這樣發音的

　　「だ、で、ど」是子音[d]跟母音[a、e、o]拼起來的。[d]發音的方式、部位跟[t]一樣，不一樣的是要振動聲帶。「ぢ」的發音跟「じ」一樣。「づ」的發音跟「ず」一樣。

單 字聽了就會

〈在開頭的單字〉

❶ だいがく【大学】大學　　　❷ でんわ【電話】電話

❸ でんち【電池】電池　　　❹ どうぶつ【動物】動物

〈在中間的單字〉

❺ くだもの【果物】水果　　　❻ つづく【続く】繼續

〈在字尾的單字〉

❼ はなぢ【鼻血】鼻血　　　❽ まど【窓】窗戶

MP3
track
47

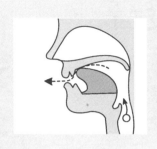
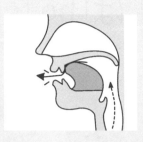

▶ **發音比比看** ··

　　だ[da]行中的[d]跟た[ta]行中的[t]發音部位跟方法都是一樣的，
不同的是[d]要振動聲帶，[t]不要振動聲帶。

	[だ行]		[た行]	
❶	はだ【肌】	皮膚	はた【旗】	旗子
❷	づく【尽く】	用盡	つく【着く】	到達
❸	でんとう【伝統】	傳統	てんとう【店頭】	門市
❹	まど【窓】	窗戶	まと【的】	目標
❺	せいど【制度】	制度	せいと【生徒】	學生

 句說說看
────────────────────────

❶ 暑^{あつ}い　日^ひは　続^{つづ}きますね。
這種高溫天氣還要持續好一陣子呢。

❷ 大学^{だいがく}を　退学^{たいがく}しました。
從大學退學了。

❸ そのため、計画^{けいかく}が　だめに　なりました。
那個原因導致計畫失敗了。

 口令
────────────────────────

　　よだれ　だらだら、だらだら　よだれ。
　　口水滴滴答答、答答滴滴地淌下來。

48 ば[ba]行的發音

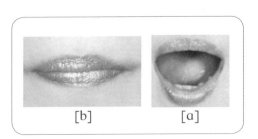

[b]　　　[a]

我媽媽早就變成歐
「巴」桑了！

假 名這樣發音的

　　「ば、び、ぶ、べ、ぼ」是子音[b]跟母音[a、i、ɯ、e、o]拼起來的。[b]的發音是緊緊的閉住兩唇，為了不讓氣流流往鼻腔，叫軟顎把鼻腔通道堵住，然後很快放開，讓氣流從兩唇衝出。要同時振動聲帶喔！

單 字聽了就會

〈在開頭的單字〉

❶ びょういん【美容院】美容院　　❷ ぶたにく【豚肉】豬肉

❸ べんり【便利】便利的　　❹ ぼうし【帽子】帽子

〈在中間的單字〉

❺ たばこ【煙草】香菸　　❻ たべもの【食べ物】食物

〈在字尾的單字〉

❼ なべ【鍋】鍋子　　❽ そぼ【祖母】奶奶

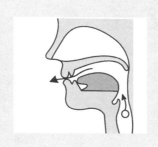
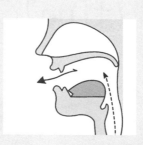

[b]　　　　　　　　　　　　[h]

▶ 發音比比看 ···

　　ば[ba]的[b]雙唇要緊閉形成阻塞，然後讓氣流衝破阻塞而出。は[ha]的[h]發音時，嘴要張開，讓氣流從聲門摩擦而出，發音器官要盡量放鬆，呼氣不要太強。另外，[b]要振動聲帶，[h]不要振動聲帶。

	[ば]		[は]	
❶	ばつ【罰】	懲罰	はつ【初】	首次
❷	びよう【美容】	美容	ひよう【費用】	費用
❸	ぶた【豚】	豬	ふた【蓋】	蓋子
❹	へん【変】	奇怪的	べん【便】	方便
❺	ぼうそう【暴走】	狂奔	ほうそう【放送】	播放

例 句說說看

❶ バスで　蓮公園へ　お花見に　行きました。
　我們搭乘巴士到蓮公園去賞花了。【バス ＜bus＞：巴士】

❷ 馬場さんの　母は　美人だ。
　馬場先生的母親是位美女。

❸ あの　父子こそ　武士だ。
　那對父子才是真正的武士。

繞 口令

坊主が　屏風に　上手に　絵を　描いた。
　僧侶在屏風上畫了美麗的圖畫。

49 ぱ[pa]行的發音

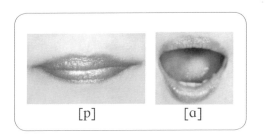

[p]　　　[a]

他累到「趴」在桌上就睡著了！

假 名這樣發音的

　　「ぱ、ぴ、ぷ、ぺ、ぽ」是子音[p]跟母音[a、i、ɯ、e、o]拼起來的。[p]的發音部位跟[b]相同，不同的是不需要振動聲帶。發音時要乾脆。

單 字聽了就會

〈在開頭的單字〉

❶ ぺらぺら　流利貌　　　❷ ぴかぴか　閃亮貌

〈在中間的單字〉

❸ かんぱい【乾杯】乾杯　　❹ しんぱい【心配】擔心

❺ えんぴつ【鉛筆】鉛筆　　❻ てんぷら【天ぷら】天婦羅

〈在字尾的單字〉

❼ しんぷ【新婦】新娘　　　❽ さんぽ【散歩】散步

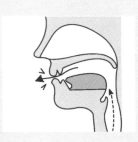
[p]

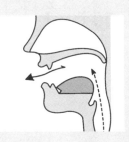
[h]

▶ **發音比比看** ……………………………………………………………

ぱ[pɑ]的[p]是雙唇要緊閉形成阻塞，然後讓氣流衝破阻塞而出。は[hɑ]的[h]是嘴要張開，讓氣流從聲門摩擦而出，發音器官要盡量放鬆，呼氣不要太強。兩者都不要振動聲帶。

	[ぱ行]		[は行]	
❶	ぱい【パイ】	〜派	はい【灰】	灰塵
❷	ぴる【ピル】	膠囊	ひる【昼】	中午
❸	ぷろ【プロ】	專家	ふろ【風呂】	浴室
❹	ぺん【ペン】	筆	へん【篇】	篇章
❺	ぽっと【ポット】	保溫瓶	ほっと【ホット】	熱的

例 句說說看

❶ ポールは　ボールを　買った。
ぽ　お　る　　　　ぼ　お　る　　　か
保羅買了一顆球。【ポール<Paul>：保羅；ボール<ball>：球】

❷ ペンチで　ベンチを　修理した。
ぺ　ん　ち　　　べ　ん　ち　　　しゅう　り
拿鉗子修理了長椅。【ペンチ<pinchers>：鉗子；ベンチ<bench>：長椅】

❸ パン屋の　留守番を　しました。
ぱ　ん　や　　　る　す　ばん
我留下來看顧麵包店。【パン<pão>：麵包】

繞 口令

赤パジャマ、青パジャマ、黄パジャマ。
あか　ぱ　じゃ　ま　　あお　ぱ　じゃ　ま　　き　ぱ　じゃ　ま
紅色的睡衣、藍色的睡衣、黃色的睡衣。【パジャマ<pajamas>：睡衣】

50 撥音的發音

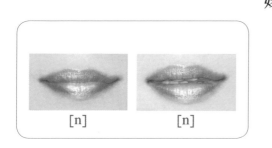

[n]　　　[n]

嫁給我吧！

「嗯」！我願意！

 名這樣發音的

　　撥音「ん」是[n]音，像隻變色龍，因為它的發音，會隨著後面發音的不同而受到影響。我們看看下面就知道了。

 字聽了就會

雙唇鼻音（在子音[m] [b] [p]前面）

　　❶ こんぶ【昆布】昆布　　　　　　❷ にんむ【任務】任務

舌尖鼻音（在子音[n] [t] [d] [dz]前面）

　　❸ かんじ【漢字】漢字　　　　　　❹ にんにく【大蒜】大蒜

後舌鼻音（在子音[k] [g]前面）

　　❺ まんが【漫画】漫畫　　　　　　❻ れんこん【蓮根】蓮藕

鼻化母音（在子音[s] [h]、母音、半母音前面）

　　❼ しんせつ【親切】親切的

小舌鼻音（在詞尾、句尾）

　　❽ うどん【饂飩】烏龍麵

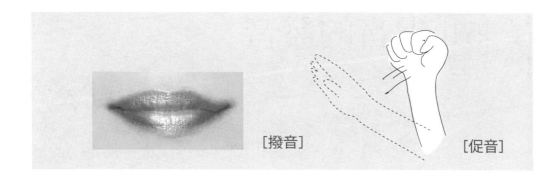

[撥音]　　　　　　　　　　　　[促音]

▶ **發音比比看** ·······································

　　撥音「ん」跟直音一樣的是都佔一拍。但「ん」不能放在單字的開頭，也不能在促音前面，也不能自相重疊，只能附在其他假名的後面。促音「っ」要停頓一下，佔一拍。促音只在「か、さ、た、ぱ」行前面。

　　　　　　　　[撥音]　　　　　　　　　　　[促音]

❶ こんき【根気】　耐性　　　こっき【国旗】　國旗

❷ さんか【参加】　參加　　　さっか【作家】　作家

❸ しんぱい【心配】擔心　　　しっぱい【失敗】失敗

❹ ぶんたい【文体】文章體材　ぶったい【物体】物體

例 句說說看

❶ こんばんは。
晚安。

❷ 失敗しても　心配ありません。
就算失敗了也不必擔心。

❸ 人気の　作家も　参加した。
當紅的作家也參加了。

繞 口令

犬は　わんわん、馬は　ひんひん。
狗兒汪汪叫，馬兒嘶嘶吼。

51 促音的發音

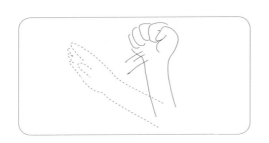

你 STOP 好, 今 STOP 天 . . .

好像話說到一半就
「緊急剎車」一樣！

 名這樣發音的

　　促音用寫得比較小的假名「っ」表示，片假名是「ッ」。發促音時，嘴形要保持跟它後面的子音一樣，這樣持續停頓約一拍的時間，最後讓氣流衝出去，就行啦！促音只出現在「か、さ、た、ぱ」行前面。

單 字聽了就會

〈kk〉

　❶ にっき【日記】日記　　　　❷ せっけん【石鹼】肥皂

〈ss〉

　❸ ざっし【雑誌】雜誌　　　　❹ いっそ　乾脆就～

〈tt〉

　❺ きって【切手】郵票　　　　❻ ずっと　一直

〈pp〉

　❼ いっぱい【一杯】很多的　　❽ いっぽ【一歩】一步

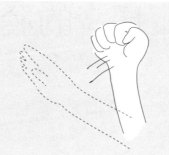

[直音]　　　　　　　　　　　　　　　　　[促音]

▶ 發音比比看 ···

直音跟促音的不同，是直音不需要停一拍，促音就要停一拍。

	[直音]		[促音]	
❶	いせい【異性】	異性	いっせい【一斉】	一起
❷	うた【歌】	歌曲	うった【売った】	賣了
❸	さか【坂】	坡道	さっか【作家】	作家
❹	すぱい【スパイ】	間諜	すっぱい【酸っぱい】	酸的
❺	みつ【蜜】	蜂蜜	みっつ【三つ】	三個
❻	にし【西】	西邊	にっし【日誌】	日記

例 句說說看

❶ いってらっしゃい。
路上小心慢走。

❷ ちょっと 待^まって ください。
請等一下。

❸ スパイ^{すぱい}は 酸^すっぱい 酢^すを 飲^のんだ。
間諜喝了酸醋。【スパイ <spy>：間諜】

繞 口令

ポット^{ぽっと}を 外^{そと}に そっと 置^おきました。
把保溫瓶輕輕地放在外面。【ポット <pot>：保溫瓶】

113

52 長音的發音

愛得太深，把話拉長：
I LOVE 「YOU～」。

假 名這樣發音的

　　長音就是把假名的母音，拉長一拍唸。除了撥音「ん」跟促音「っ」以外，日語的每個假名都可以發成長音。長音的標示法是，あ段假名後加あ；い段假名後加い；う段假名後加う；え段假名後加い或え；お段假名後加お或う；外來語以「ー」表示。

單 字聽了就會

ああ〈aa〉
　　❶ ざあざあ　嘩啦嘩啦（雨聲大）　❷ おばあさん【お婆さん】奶奶

いい〈ii〉
　　❸ かわいい【可愛い】可愛的　❹ うれしい【嬉しい】高興的

うう〈ɯɯ〉
　　❺ くうかん【空間】空間　❻ すうがく【数学】數學

えい（ええ）〈ee〉
　　❼ きれい【綺麗】漂亮的　❽ へいわ【平和】和平

おう（おお）〈oo〉
　　❾ おおい【多い】多的　❿ おとうさん【お父さん】父親

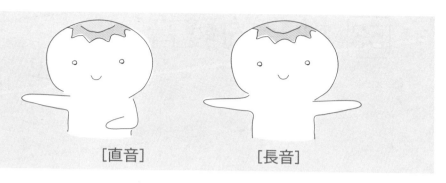

[直音]　　　　　　　　[長音]

發音比比看

直音跟長音的不同是，直音不需要拉長一拍，而長音要拉長一拍。

	[直音]		[長音]	
❶	いえ【家】	家	いいえ	不
❷	おばさん	阿姨	おばあさん	奶奶
❸	せかい【世界】	世界	せいかい【正解】	正確答案
❹	そこ	那裡	そうこ【倉庫】	倉庫
❺	だす【出す】	拿出	だあす【ダース】	一打
❻	とる【取る】	拿取	とおる【通る】	通過
❼	へや【部屋】	房間	へいや【平野】	平原
❽	ゆき【雪】	雪	ゆうき【勇気】	勇氣

例 句說說看

❶ おめでとう　ございます。
恭喜。

❷ 四時に　用事が　あります。
四點鐘有事待辦。

❸ 奥に　多くの　本が　あります。
後面有很多書。

繞 口令

おばさんと　お婆さんが　オーバーを　着た。
阿姨和奶奶穿了大衣。【オーバー<overcoat之略>：大衣】

53 拗音的發音

兩個音合在一起唸，就跟注音符號的「拼音」一樣喔！

假 名這樣發音的

　　「い」段假名和小的「や、ゆ、よ」所拼起來的音叫拗音。拗音只讀一拍的長度，共有三十六個，但其中三個音相同，實際上只有三十三個。

單 字聽了就會

〈拗音〉

❶ ひゃく【百】一百

❷ おもちゃ【玩具】玩具

❸ せんしゅ【選手】選手

❹ きょり【距離】距離

〈長拗音〉

❺ にゅうがく【入学】入學

❻ ぎゅうにゅう【牛乳】牛奶

❼ しゅうかん【習慣】習慣

❽ きょうと【京都】京都

❾ ちょうど　剛好

❿ ゆうりょう【有料】需收費

[拗音]　　　　　　　　　　　[直音]

▶ 發音比比看 ···

　　拗音跟直音的不同，是拗音是由兩個假名拼成一拍，而直音是一個假名就佔一拍。

	[拗音]	[直音]
❶	いしゃ【医者】醫生	いしや【石屋】石材店
❷	きゃく【客】　客人	きやく【規約】規則
❸	きょう【今日】今天	きよう【器用】靈巧
❹	じゅう【十】　十	じゆう【自由】自由
❺	ひゃく【百】　一百	ひやく【飛躍】跳躍
❻	びょう【秒】　秒	びよう【美容】美容

例 句說說看

❶ 病院は　郵便局の　隣に　あります。
　びょういん　　ゆうびんきょく　　となり
　醫院在郵局的隔壁。

❷ 私は　医者だ。石屋じゃない。
　わたし　　いしゃ　　いしや
　我是醫生，不是賣石頭的。

❸ 10秒で　美容法が　簡単に　できちゃいます。
　　じゅうびょう　　びようほう　　かんたん
　只要十秒就能變美的簡易美容法。

繞 口令

隣の　客は　よく　柿食う　客だ。
となり　きゃく　　　　かきく　　きゃく
旁邊的顧客是常來吃柿子的客人。

① ア 的發音

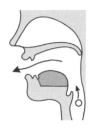

張開嘴巴看牙醫的
「啊」。

track 54 **聽了就會發音跟單字**

〈在開頭的單字〉

❶ アイ（eye）
眼睛

❷ アイス（ice）
冰

❸ アウト（out）
出局

❹ アイロン（iron）
熨斗

❺ アメリカ（America）
美國

❻ アフリカ（Africa）
非洲

〈在中間的單字〉

❼ コアラ（koala）
無尾熊

❽ エアコン（air conditioner之略）
冷氣

〈在字尾的單字〉

❾ ヘア（hair）
頭髮

❿ ココア（cocoa）
可可亞

② イ的發音

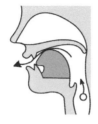

人家不依的「依」。

 聽了就會發音跟單字

〈在開頭的單字〉

❶ インク（ink）
墨水

❷ インコ（鸚哥）
鸚鵡

❸ イエス（yes）
對

❹ イルカ（海豚）
海豚

〈在中間的單字〉

❺ サイト（site）
網站

❻ ライン（line）
線

❼ ミイラ（〈葡〉mirra）
木乃伊

❽ スタイル（style）
類型

〈在字尾的單字〉

❾ タイ（Thai）
泰國

❿ フライ（fry）
油炸

③ ウ的發音

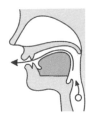

女巫的「巫」。

MP3

track 56 聽了就會發音跟單字

〈在開頭的單字〉

❶ ウイルス （<拉丁>virus）
病毒

❷ ウーマン （woman）
女人

❸ ウエスト （waist）
腰部

❹ ウイスキー （whisky）
威士忌酒

〈在中間的單字〉

❺ ハウス （house）
屋子

❻ サウナ （<芬蘭>sauna）
三溫暖

❼ カウント （count）
計算

❽ アナウンサー （announcer）
播報員

〈在字尾的單字〉

❾ カウ （cow）
牛

❿ ノウハウ （know-how）
技術

4 エ的發音

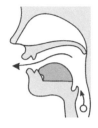

尴尬傻笑的
「ㄟ」。

track 57 **聽了就會發音跟單字**

〈在開頭的單字〉

❶ エム（M）
英文字母M

❷ エア（air）
空氣

❸ エース（ace）
王牌

❹ エリア（area）
區域

❺ エリート（<法> élite）
菁英

❻ エコノミークラス（economy class）
經濟艙

〈在中間的單字〉

❼ ウエア（wear）
衣服

❽ イエロー（yellow）
黃色

〈在字尾的單字〉

❾ アロエ（<拉丁>aloe）
蘆薈

❿ ソムリエ（<法>sommelier）
侍酒師

5 オ的發音

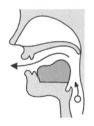

回答問題的「喔」。

track 58 聽了就會發音跟單字

〈在開頭的單字〉

❶ オイル（oil）
油

❷ オムライス（<和>omelet+rice）
蛋包飯

❸ オンライン（on-line）
線上

❹ オーケー（OK）
沒問題

❺ オレンジ（orange）
柳橙

❻ オーストラリア（Australia）
澳洲

〈在中間的單字〉

❼ タオル（towel）
毛巾

❽ サンオイル（<和>sun+oil）
防曬油

〈在字尾的單字〉

❾ カカオ（<西>cacao）
可可豆

❿ シナリオ（scenario）
劇本

[6] カ的發音

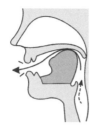

喀嗞喀嗞的「喀」。

聽了就會發音跟單字

〈在開頭的單字〉

❶ カー（car）
車子

❷ カメラ（camera）
相機

❸ カラー（color）
彩色

❹ カート（cart）
小型手推車

❺ カナダ（Canada）
加拿大

❻ カラメル（<法>caramel）
焦糖

〈在中間的單字〉

❼ スカート（skirt）
裙子

❽ アメリカン（American）
美國人

〈在字尾的單字〉

❾ スイカ（西瓜）
西瓜

❿ ハーモニカ（harmonica）
口琴

123

7 キ的發音

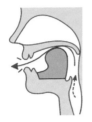

KEY-IN的「KEY」。

MP3

track 60 聽了就會發音跟單字

〈在開頭的單字〉

❶ キス（kiss）
接吻

❷ キー（key）
鑰匙

❸ キウイ（kiwi fruit之略）
奇異果

❹ キリン（麒麟）
長頸鹿

❺ キオスク（kiosk）
車站販賣亭

❻ キツネ（狐）
狐狸

〈在中間的單字〉

❼ カテキン（catechin）
兒茶素

❽ テキーラ（<西>tequila）
龍舌蘭酒

〈在字尾的單字〉

❾ インキ（<荷蘭>inkt）
（舊名）墨水

❿ ストライキ（strike）
集體罷工

8 ク的發音

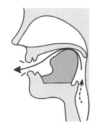

妹妹一直哭的
「哭」。

 聽了就會發音跟單字

〈在開頭的單字〉

❶ クラス（class）
班級

❷ クール（cool）
涼爽

❸ クーラー（cooler）
冷氣

❹ クイーン（queen）
女王

❺ クリーム（cream）
奶油

❻ クリスマス（Christmas）
聖誕節

〈在中間的單字〉

❼ オクラ（okra）
秋葵

❽ スクール（school）
學校

〈在字尾的單字〉

❾ シンク（sink）
水槽

❿ キスマーク（<和>kiss+mark）
唇印

⑨ ケ的發音

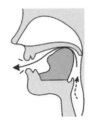

通通都OK的「K」。

track 62 聽了就會發音跟單字

〈在開頭的單字〉

❶ ケース（case）
容器

❷ ケーキ（cake）
蛋糕

❸ ケニア（Kenya）
（非洲）肯亞

❹ ケイタイ（けいたいでんわ之略）
手機

〈在中間的單字〉

❺ スケート（skate）
溜冰

❻ スキンケア（skin care）
肌膚保養

❼ ネイルケア（nail care）
指甲保養

❽ ハリケーン（hurricane）
颶風

〈在字尾的單字〉

❾ カラオケ（空オケ）
卡拉OK

❿ コロッケ（<法>croquette）
可樂餅

10 コ的發音

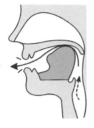

小氣鬼很摳的
「摳」。

 track 63 聽了就會發音跟單字

〈在開頭的單字〉

❶ コイン（coin）
硬幣

❷ コスト（cost）
費用

❸ コーラ（cola）
可樂

❹ コーン（corn）
玉米

❺ コメント（comment）
評論

❻ コーナー（corner）
角落

〈在中間的單字〉

❼ アンコール（encore）
安可

❽ アイスコーヒー（iced coffee）
冰咖啡

〈在字尾的單字〉

❾ トルコ（<葡>Turco）
土耳其

❿ パチンコ（ぱちんこ）
柏青哥

127

$\boxed{11}$ サ的發音

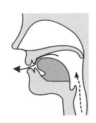

花子愛撒嬌的
「撒」。

MP3

聽了就會發音跟單字

〈在開頭的單字〉

❶ サイン（sign）
簽名

❷ サイレン（siren）
警笛

❸ サイダー（cider）
汽水

❹ サーモン（salmon）
鮭魚

❺ サイエンス（science）
科學

❻ サロン（<法>salon）
沙龍

〈在中間的單字〉

❼ ミサイル（missile）
飛彈

❽ リサーチ（research）
調查

〈在字尾的單字〉

❾ アサ（麻）
麻紗

❿ カーサ（<西>casa）
住宅

12 シ的發音

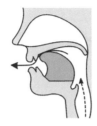

嘻嘻偷笑的
「嘻」。

 聽了就會發音跟單字

〈在開頭的單字〉

❶ シー（sea）
海

❷ シーツ（sheet）
床單

❸ シート（seat）
座位

❹ シスター（sister）
姊妹

❺ シアター（theater）
劇場

❻ シーソー（seesaw）
蹺蹺板

〈在中間的單字〉

❼ カルシウム（<英>calcium）
鈣質

❽ マレーシア（Malaysia）
馬來西亞

〈在字尾的單字〉

❾ アオムシ（青虫）
（蝶、蛾）幼蟲

❿ アルミサッシ（aluminium sash）
鋁製窗框

13 ス的發音

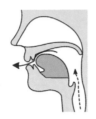

全身酥麻的
「酥」。

MP3

track 66 **聽了就會發音跟單字**

〈在開頭的單字〉

❶ スイス（Suisse）
瑞士

❷ スカイ（sky）
天空

❸ スター（star）
星星

❹ スコア（score）
得分

❺ スキー（ski）
滑雪

❻ ステレオ（stereo）
音響

〈在中間的單字〉

❼ キリスト（<葡>Cristo）
基督

❽ システム（system）
系統

〈在字尾的單字〉

❾ コース（course）
路線

❿ サーカス（circus）
馬戲團

14 セ的發音

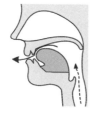

不准SAY出去的
「SAY」。

track 67 **聽了就會發音跟單字**

〈在開頭的單字〉

❶ センチ（centimeter之略）
公分

❷ セール（sale）
拍賣

❸ セールス（sales）
販賣

❹ センター（center）
中心

❺ セレクト（select）
選擇

❻ セメント（cement）
水泥

〈在中間的單字〉

❼ コンセント（concentric plug之略）
插座

❽ アクセサリー（accessory）
裝飾品

〈在字尾的單字〉

❾ フランセ（<法>français）
法國人

❿ アクセ（accessory之略）
裝飾品

15 ソ的發音

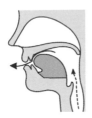

寒風冷颼颼的
「颼」。

MP3

track 68 聽了就會發音跟單字

〈在開頭的單字〉

❶ ソフト（soft）
柔軟

❷ ソーダ（<荷>soda）
汽水

❸ ソース（sauce）
醬料

❹ ソーサー（saucer）
茶碟

❺ ソーセージ（sausage）
香腸

❻ ソフトクリーム
（soft ice cream之略）
雙淇淋

〈在中間的單字〉

❼ カーソル（cursor）
（量尺）游標

❽ アメリカンソース
（American sauce）
美式醬料

〈在字尾的單字〉

❾ イソ（ISO）
國際標準化機構

❿ ハイソ（high society之略）
高級的

16 タ的發音

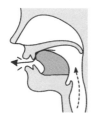

頭髮塌在臉上的
「塌」。

 聽了就會發音跟單字

〈在開頭的單字〉

❶ タンス
衣櫥

❷ タクシー（taxi）
計程車

❸ タイワン（台湾）
台灣

❹ タレント（talent）
藝人

〈在中間的單字〉

❺ モンスター（monster）
怪物

❻ アシスタント（assistant）
助手

❼ スタート（start）
開始

❽ ライター（lighter）
打火機

〈在字尾的單字〉

❾ チータ（cheetah）
印度豹

❿ サンタ（Santa Claus之略）
聖誕老人

17 チ的發音

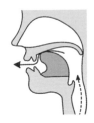

花子才七歲的
「七」。

track 70 **聽了就會發音跟單字**

〈在開頭的單字〉

❶ チキン（chicken）
雞肉

❷ チーク（cheek）
臉頰

❸ チーフ（chief）
首領

❹ チーズ（cheese）
起司

❺ チープ（cheap）
便宜的

❻ チリソース（Chili sauce）
辣味番茄醬

〈在中間的單字〉

❼ スチーム（steam）
蒸汽

❽ アーチスト（artist）
藝術家

〈在字尾的單字〉

❾ コーチ（coach）
教練

❿ キムチ
韓國泡菜

18 ツ的發音

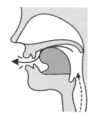

豬公肥滋滋的
「滋」。

 track 71 **聽了就會發音跟單字**

〈在開頭的單字〉

❶ ツー （two）
（數字）2

❷ ツナ （tuna）
鮪魚

❸ ツアー （tour）
旅行

❹ ツイン （twin）
成對

❺ ツリー （tree）
樹木

❻ ツインルーム （twin room）
雙人房

〈在中間的單字〉

❼ モツゴ （持子）
羅漢魚

❽ セツルメント （settlement）
社會福利團體

〈在字尾的單字〉

❾ ドイツ （Deutschland）
德國

❿ パンツ （pants）
褲子

19 テ的發音

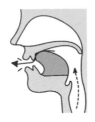

貼到牆上的
「貼」。

MP3

track
72 聽了就會發音跟單字

〈在開頭的單字〉

❶ テスト（test）
考試

❷ テニス（tennis）
網球

❸ テラス（terrace）
陽台

❹ テイクアウト（take-out）
外帶

〈在中間的單字〉

❺ モーテル（motel）
汽車旅館

❻ カーテン（curtain）
窗簾

❼ ステーキ（steak）
牛排

❽ ステンレス
（stainless steel之略）
不鏽鋼

〈在字尾的單字〉

❾ カルテ（<德>Karte）
病歷表

❿ エステ
（<法>esthétique之略）
全身美容

20 ト的發音

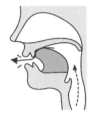

小偷偷東西的
「偷」。

聽了就會發音跟單字

〈在開頭的單字〉

❶ トマト（tomato）
蕃茄

❷ トライ（try）
嘗試

❸ トラック（truck）
貨車

❹ トースト（toast）
吐司

〈在中間的單字〉

❺ ストレート（straight）
筆直的

❻ オーケストラ（orchestra）
管弦樂團

〈在字尾的單字〉

❼ テント（tent）
帳棚

❽ コート（coat）
大衣

❾ アート（art）
藝術

❿ フライト（flight）
飛行

21 ナ的發音

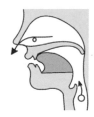

真了不起哪的
「哪」。

track 74 聽了就會發音跟單字

〈在開頭的單字〉

❶ ナイス（nice）
美好的

❷ ナイト（night）
夜晚

❸ ナイフ（knife）
刀子

❹ ナイロン（nylon）
尼龍

〈在中間的單字〉

❺ オーナー（owner）
所有人

❻ アナウンス（announce）
廣播

〈在字尾的單字〉

❼ バナナ（banana）
香蕉

❽ カタカナ（片仮名）
片假名

❾ アンテナ（antenna）
天線

22 ニ的發音

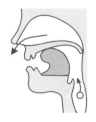

全身都是泥巴的
「泥」。

 聽了就會發音跟單字

〈在開頭的單字〉

❶ ニート（NEET）
尼特族（不升學、不就業之群族）

❷ ニット（knit）
編織品

❸ ニンニク（大蒜）
蒜頭

❹ ニコチン（nicotine）
尼古丁

〈在中間的單字〉

❺ ソニー（Sony）
新力（商標）

❻ モニター（monitor）
監視器

❼ ユニーク（unique）
獨一無二的

❽ スニーカー（sneakers）
休閒鞋

〈在字尾的單字〉

❾ ミニ（mini）
迷你的

❿ ウニ（海胆）
海膽

23 ヌ的發音

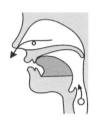

努力就會有結果的
「努」。

MP3

track 76 聽了就會發音跟單字

〈在開頭的單字〉

❶ ヌード（nude）
裸體

❷ ヌーン（noon）
正中午

❸ ヌーボー（<法>nouveau）
新的

❹ ヌードル（noodle）
麵條

〈在中間的單字〉

❺ カヌー（canoe）
獨木舟

❻ アヌス（<拉丁>anus）
肛門

❼ スヌーピー（SNOOPY）
史努比

❽ アフタヌーン（afternoon）
下午

〈在字尾的單字〉

❾ エヌ（N）
英文字母N

❿ アイヌ
阿依努族

24 ネ的發音

不要氣餒的
「餒」。

 聽了就會發音跟單字
track 77

〈在開頭的單字〉

❶ ネオン（neon sign之略）
霓虹燈招牌

❷ ネイル（nail）
指甲

❸ ネーム（name）
名字

❹ ネーション（nation）
國家

❺ ネクタイ（necktie）
領帶

❻ ネックレス（necklace）
項鍊

〈在中間的單字〉

❼ トンネル（tunnel）
隧道

❽ ハネムーン（honeymoon）
蜜月

〈在字尾的單字〉

❾ エネ（<德>Energie之略）
能源

❿ ラムネ（lemonade）
彈珠汽水

25 ノ的發音

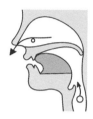

跟甜食說NO的
「NO」。

MP3

 track 78 **聽了就會發音跟單字**

〈在開頭的單字〉

❶ ノー（no）
不贊成

❷ ノート（note）
筆記本

❸ ノース（north）
北方

❹ ノーベル（Alfred Bernhard Nobel）
諾貝爾

❺ ノーメーク
（no makeup之略）
素顏

❻ ノーコメント（no comment）
不予置評

〈在中間的單字〉

❼ モノレール（monorail）
單軌列車

❽ スノーマン（snowman）
雪人

〈在字尾的單字〉

❾ ピアノ（piano）
鋼琴

❿ カプチーノ（<義>cappuccino）
卡布奇諾

26 ハ的發音

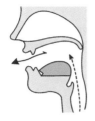

樂得笑哈哈的
「哈」。

 聽了就會發音跟單字

〈在開頭的單字〉

❶ ハイ（high）
高的

❷ ハム（ham）
火腿

❸ ハート（heart）
心臟

❹ ハンカチ（handkerchief之略）
手帕

❺ ハンサム（handsome）
英俊

❻ ハンガー（hanger）
衣架

〈在中間的單字〉

❼ リハーサル（rehearsal）
排演

❽ スイートハート（sweetheart）
親愛的

〈在字尾的單字〉

❾ アロハ（aloha）
（夏威夷語）阿囉哈

❿ ヤマハ（YAMAHA）
山葉（商標）

27 ヒ的發音

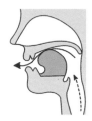

HE就是他的
「HE」。

track 80 聽了就會發音跟單字

〈在開頭的單字〉

❶ ヒント （hint）
提示

❷ ヒール （heel）
鞋跟

❸ ヒロイン （heroine）
女主角

❹ ヒーター （heater）
暖爐

❺ ヒーロー （hero）
英雄

❻ ヒアリング （hearing）
聽力

〈在中間的單字〉

❼ コーヒー （coffee）
咖啡

❽ ピンチヒッター （pinch hitter）
代打手

〈在字尾的單字〉

❾ ケイヒ （桂皮）
肉桂皮

❿ キイロヒヒ （黄色狒々）
黃色狒狒

28 フ的發音

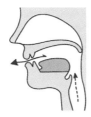

呼呼吹熱湯的
「呼」。

track
81 **聽了就會發音跟單字**

〈在開頭的單字〉

❶ フランス（France）
法國

❷ フルーツ（fruit）
水果

❸ フロント（front desk之略）
櫃臺

❹ フリーター
（<和>free+Arbeiter<德>）
自由業

〈在中間的單字〉

❺ マフラー（muffler）
圍巾

❻ キウイフルーツ（kiwi fruit）
奇異果

〈在字尾的單字〉

❼ オフ（off）
關閉

❽ セーフ（safe）
安全

❾ ライフ（life）
生活

❿ スカーフ（scarf）
絲巾

29 へ的發音

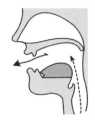

曬得好黑的
「黑」。

MP3

track 82 **聽了就會發音跟單字**

〈在開頭的單字〉

❶ ヘリ （helicopter之略）
直昇機

❷ ヘルス （health）
健康

❸ ヘアカラー （hair color）
染髮劑

❹ ヘアトリートメント
（hair treatment）
護髮

❺ ヘラヘラ
傻笑貌

❻ ヘルメット （helmet）
安全帽

〈在中間的單字〉

❼ アヘッド （ahead）
領先

❽ バウムクーヘン
（<德>Baumkuchen）
年輪蛋糕

〈在字尾的單字〉

❾ マヘ （Mahé）
（法）瑪黑島

❿ レヘ （Leh）
（印度）列城

30 ホ的發音

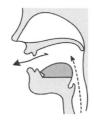

樂得笑齁齁的
「齁」。

 聽了就會發音跟單字

〈在開頭的單字〉

❶ ホテル（hotel）
飯店

❷ ホタル（蛍）
螢火蟲

❸ ホース（<荷>hoos）
塑膠水管

❹ ホクロ（黒子）
痣

❺ ホスト（host）
牛郎

❻ ホワイト（white）
白色

〈在中間的單字〉

❼ イヤホン（earphone）
耳機

❽ テレホン（telephone）
電話

〈在字尾的單字〉

❾ アホ（阿呆）
傻子

❿ ゴッホ（Vincent van Gogh）
梵谷

147

31 マ的發音

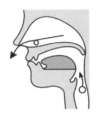

媽媽買菜的
「媽」。

MP3

track 84 聽了就會發音跟單字

〈在開頭的單字〉

❶ ママ （mamma）
媽媽

❷ マイク （microphone之略）
麥克風

❸ マスク （mask）
面具

❹ マウス （mouse）
滑鼠

❺ マント （<法>manteau）
斗蓬

❻ マラソン （marathon）
馬拉松

〈在中間的單字〉

❼ カメラマン （cameraman）
攝影師

❽ サラリーマン （salaried man）
上班族

〈在字尾的單字〉

❾ デマ （<德>Demagogie之略）
謠言

❿ テーマ （<德>Thema）
主題

32 ミ的發音

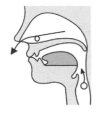

貓咪瞇瞇眼的
「咪」。

 track 85 **聽了就會發音跟單字**

〈在開頭的單字〉

❶ ミス（miss）
失誤

❷ ミカン（蜜柑）
橘子

❸ ミシン（sewing machine之略）
縫紉機

❹ ミート（meat）
（食用）肉

❺ ミルク（milk）
牛奶

❻ ミラー（mirror）
鏡子

〈在中間的單字〉

❼ スタミナ（stamina）
精力

❽ セミナー（<德>Seminar）
研究小組

〈在字尾的單字〉

❾ アルミ（aluminium之略）
鋁

❿ マスコミ
（mass communication之略）
媒體

33 ム的發音

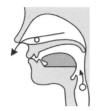

給你大拇指的
「拇」。

track 86 聽了就會發音跟單字

〈在開頭的單字〉

❶ ムーン（moon）
月亮

❷ ムーンライト（moonlight）
月光

〈在中間的單字〉

❸ オムツ
尿布

❹ オムレツ（omelet）
蛋包飯

〈在字尾的單字〉

❺ タイム（time）
時間

❻ チーム（team）
團隊

❼ ルーム（room）
房間

❽ クレーム（claim）
索賠

❾ クリーム（cream）
奶油

❿ アーム（arm）
手臂

34 メ的發音

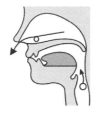

正妹走過來的
「妹」。

 聽了就會發音跟單字

〈在開頭的單字〉

❶ メロン （melon）
哈密瓜

❷ メール （mail）
郵件

❸ メートル （<法>maître）
公尺

❹ メーカー （maker）
廠商

❺ メモリー （memory）
回憶

❻ メキシコ （Mexico）
墨西哥

〈在中間的單字〉

❼ ラーメン （拉麵）
拉麵

❽ トーナメント （tournament）
淘汰賽

〈在字尾的單字〉

❾ アニメ （animation之略）
動畫

❿ オートメ （automation之略）
自動

35 モ的發音

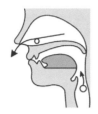

牛在哞哞叫的
「哞」。

MP3

track 88 聽了就會發音跟單字

〈在開頭的單字〉

❶ モノ （mono）
單獨的

❷ モモ （桃）
桃子

❸ モノクロ （monochrome之略）
黑白相片

❹ モンキー （monkey）
猴子

❺ モノレール （monorail）
單軌列車

❻ モーター （motor）
馬達

〈在中間的單字〉

❼ ユーモア （humor）
幽默感

❽ カモメ （鷗）
海鷗

〈在字尾的單字〉

❾ メモ （memo）
便條

❿ サツマイモ （甘藷）
蕃薯

36 ヤ的發音

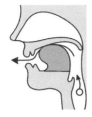

鴨子跑出來的
「鴨」。

 聽了就會發音跟單字

〈 在開頭的單字 〉

❶ ヤシ（椰子）
椰子

❷ ヤーン（yarn）
毛線

❸ ヤード（yard）
庭院

❹ ヤンキース
（New York Yankees之略）
紐約洋基隊

〈 在中間的單字 〉

❺ ロイヤル（royal）
皇家的

❻ ドライヤー（dryer）
烘乾機

〈 在字尾的單字 〉

❼ イヤ（ear）
耳朵

❽ タイヤ（tire）
輪胎

❾ ワイヤ（wire）
電線

❿ ヒマラヤ（Himalaya）
喜馬拉雅山

37 ユ的發音

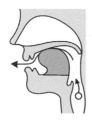

第一名是YOU的
「YOU」。

聽了就會發音跟單字

〈在開頭的單字〉

❶ ユー（you）
你

❷ ユリ（百合）
百合花

❸ ユース（use）
使用

❹ ユーザー（user）
使用者

❺ ユニホーム（uniform）
制服

❻ ユーターン（U-turn）
U字型迴轉

〈在中間的單字〉

❼ アユタヤ
（Ayutthaya）
（泰國）阿瑜陀耶

❽ ホームユース
（<和>home+use）
自家用

〈在字尾的單字〉

❾ ラーユ（辣油）
辣油

❿ エマーユ（<法>émail）
七寶燒（景泰藍）

38 ヨ的發音

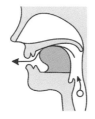

唉喲滑一跤的
「喲」。

 track 91 **聽了就會發音跟單字**

〈在開頭的單字〉

❶ ヨガ（<梵>yoga）
瑜珈

❷ ヨーグルト（<德>Yoghurt）
優格

〈在中間的單字〉

❸ リヨン（Lyon）
（法國）里昂

❹ クレヨン（<法>crayon）
蠟筆

❺ キヨスク（KIOSK）
（舊名）車站販賣亭

❻ ヨーヨー（yo-yo）
溜溜球

❼ マヨネーズ
（<法>mayonnaise）
美乃滋

❽ ニューヨーク（New York）
紐約

〈在字尾的單字〉

❾ オヨ（Oyo）
（非洲）奧約

❿ イトヨ（糸魚）
三棘刺魚

39 ラ的發音

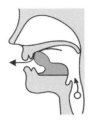

他真邋遢的
「邋」。

 聽了就會發音跟單字

〈在開頭的單字〉

❶ ライス（rice）
米飯

❷ ランチ（lunch）
午餐

❸ ライト（light）
燈光

❹ ランク（rank）
等級

❺ ラスト（last）
最後

❻ ライオン（lion）
獅子

〈在中間的單字〉

❼ カラス（烏）
烏鴉

❽ イラスト（illustration之略）
插畫

〈在字尾的單字〉

❾ カステラ
（<葡>pâo de Castelha）
蜂蜜蛋糕

❿ コカコーラ（Coca-Cola）
可口可樂（商標）

40 リ的發音

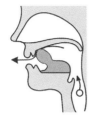

你家不錯哩的
「哩」。

track
93 **聽了就會發音跟單字**

〈在開頭的單字〉

❶ リスト（list）
清單

❷ リレー（relay）
接力

❸ リンク（link）
連結

❹ リンス（rinse）
潤髮乳

❺ リクエスト（request）
要求

❻ リサイクル（recycle）
回收

〈在中間的單字〉

❼ クリア（clear）
過關

❽ コンクリート（concrete）
水泥

〈在字尾的單字〉

❾ セロリ（celery）
芹菜

❿ カミソリ（剃刀）
刮鬍刀

41 ル的發音

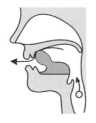

咕嚕滾下來的
「嚕」。

聽了就會發音跟單字

〈在開頭的單字〉

❶ ルール（rule）
規則

❷ ルネサンス
（<法>Renaissance）
（歐洲14世紀）文藝復興

〈在中間的單字〉

❸ フルート（flute）
長笛

❹ ヘルシー（healthy）
健康的

〈在字尾的單字〉

❺ リアル（real）
真實的

❻ カエル（蛙）
青蛙

❼ ソウル（soul）
靈魂

❽ スマイル（smile）
笑容

❾ カクテル（cocktail）
雞尾酒

❿ タイトル（title）
標題

42 レ的發音

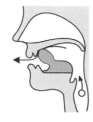

我的銅鑼燒咧的
「咧」。

 track 95 **聽了就會發音跟單字**

〈在開頭的單字〉

❶ レタス（lettuce）
　萵苣

❷ レモン（lemon）
　檸檬

❸ レフト（left）
　左邊

❹ レース（race）
　速度競賽

❺ レシート（receipt）
　收據

❻ レストラン（<法>restaurant）
　餐廳

〈在中間的單字〉

❼ クレーン（crane）
　起重機

❽ ナレーター（narrator）
　旁白

〈在字尾的單字〉

❾ トイレ（toilet之略）
　廁所

❿ インフレ（inflation之略）
　通貨膨脹

43 ロ的發音

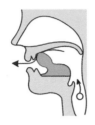

哈囉打招呼的
「囉」。

track 96 聽了就會發音跟單字

〈在開頭的單字〉

❶ ロケ（location之略）
外景

❷ ロース（roast）
里脊肉

❸ ローマ（Roma）
羅馬

❹ ローン（loan）
貸款

❺ ロマンス（romance）
羅曼史

❻ ロング（long）
長的

〈在中間的單字〉

❼ カロリー（calorie）
卡洛里

❽ クロール（crawl）
自由式

〈在字尾的單字〉

❾ ゼロ（zero）
零

❿ ソロ（<義>solo）
獨奏

44 ワ、ヲ的發音

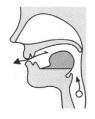 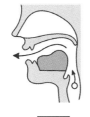

青蛙呱呱叫的
「蛙」。

 ワ　　 ヲ

 聽了就會發音跟單字
track 97

〈在開頭的單字〉

❶ ワン（one）
（數字）1

❷ ワイン（wine）
葡萄酒

❸ ワルツ（waltz）
華爾滋

❹ ワーク（work）
工作

❺ ワイフ（wife）
妻子

❻ ワープロ（word processor之略）
文字處理機

〈在中間的單字〉

❼ スワン（swan）
天鵝

❽ ハワイ（Hawaii）
夏威夷

〈在字尾的單字〉

❾ チワワ（Chihuahua）
吉娃娃

❿ アワ（粟）
小米

〈在句子中間〉

⓫ ネクタイを（ヲ）　買います。
買領帶。

45 ガ行的發音

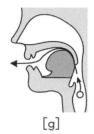 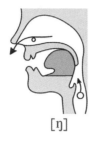

[g]　　[ŋ]

烏鴉嘎嘎叫的
「嘎」。

 track 98 **聽了就會發音跟單字**

〈在開頭的單字〉

❶ ガラス（<荷>glas）
玻璃

❷ ギター（guitar）
吉他

❸ ゲーム（game）
遊戲

❹ ゴルフ（golf）
高爾夫球

〈在中間的單字〉

❺ イギリス（<葡>Inglêz）
英國

❻ サングラス（sunglasses）
太陽眼鏡

〈在字尾的單字〉

❼ ウサギ（兎）
兔子

❽ イヤリング（earring）
耳環

46 ザ行的發音

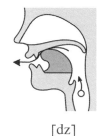

[dz]

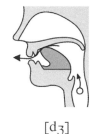

[dʒ]

把襯衫紮好的
「紮」。

 聽了就會發音跟單字

〈在開頭的單字〉

❶ ゼリー（jelly）
果凍

❷ ズボン（<法>jupon）
西裝褲

〈在中間的單字〉

❸ レーザー（laser）
雷射

❹ ラジオ（radio）
收音機

❺ リズム（rhythm）
節奏

❻ リゾート（resort）
度假勝地

〈在字尾的單字〉

❼ サイズ（size）
尺寸

❽ オレンジ（orange）
柳橙

47 ダ行的發音

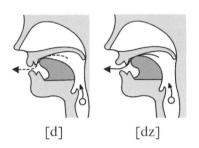

[d]　　　　[dz]

要搭公車的
「搭」。

track 100 聽了就會發音跟單字

〈在開頭的單字〉

❶ ドア（door）
門

❷ ダンス（dance）
跳舞

❸ デスク（desk）
書桌

❹ ドラマ（drama）
戲劇

〈在中間的單字〉

❺ モデル（model）
模特兒

❻ サンダル（sandal）
涼鞋

〈在字尾的單字〉

❼ サラダ（salad）
沙拉

❽ ハンド（hand）
手

MP3

48 バ行的發音

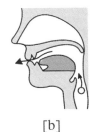

[b]

媽媽是歐巴桑的
「巴」。

〈在開頭的單字〉

❶ バス（bus）
巴士

❷ ブラシ（brush）
刷子

❸ ベルト（belt）
皮帶

❹ ボール（ball）
球

〈在中間的單字〉

❺ アルバイト（<德>Arbeit）
打工

❻ コンビニ
（convenience store之略）
便利商店

〈在字尾的單字〉

❼ テレビ（television之略）
電視

❽ クラブ（club）
俱樂部

49 パ行的發音

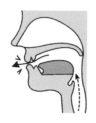

趴在桌上的
「趴」。

MP3

track 102 聽了就會發音跟單字

〈在開頭的單字〉

❶ パン （<葡>pão）
麵包

❷ ペン （pen）
筆

❸ ピザ （<義>pizza）
披薩

❹ プリン （pudding）
布丁

〈在中間的單字〉

❺ コピー （copy）
影印

❻ エプロン （apron）
圍裙

❼ スポーツ （sports）
運動

〈在字尾的單字〉

❽ スープ （soup）
湯

50 撥音的發音

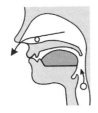

嗯，我願意的「嗯」。

聽了就會發音跟單字

雙唇鼻音（在子音[m][b][p]前面）

❶ コンビニ（convenience store之略） **❷** トランプ（trump）
便利商店　　　　　　　　　　　　　　撲克牌

舌尖鼻音（在子音[n][t][d][dz]前面）

❸ スポンジ（sponge）
海綿

後舌鼻音（在子音[k][g]前面）

❹ インク（ink）　　　　　　　　　**❺** ドリンク（drink）
墨水　　　　　　　　　　　　　　　　飲料

鼻化母音（在子音[s][h]、母音、半母音前面）

❻ ダンサー（dancer）
舞者

小舌鼻音（在字尾、句尾）

❼ パン（<葡>pão）　　　　　　　 **❽** プレゼン
麵包　　　　　　　　　　　　　　　　（presentation之略）
　　　　　　　　　　　　　　　　　　簡報

51 促音的發音

話說一半，緊急剎車！

MP3

  聽了就會發音跟單字

[kk]

❶ サッカー（soccer）
足球

❷ ソックス（socks）
短襪

[ss]

❸ マッサージ（massage）
按摩

❹ レッスン（lesson）
課程

[tt]

❺ チケット（ticket）
票

❻ ヨット（yacht）
遊艇

[pp]

❼ コップ（<荷>kop）
玻璃杯

[gg]

❽ バッグ（bag）
皮包

52 長音的發音

伸展雙臂，拉長發音。

 track 105 聽了就會發音跟單字

アー[aa]

❶ カード（card）
卡片

❷ アパート
（apartment house之略）
公寓

イー[ii]

❸ リーダー（leader）
領袖

❹ シーツ（sheet）
床單

ウー[uu]

❺ スーパー（supermarket之略）
超市

❻ ムービー（movie）
電影

エー[ee]

❼ ブレーキ（brake）
煞車

❽ デート（date）
約會

オー[oo]

❾ オートバイ
（<和>auto+bicycle）
摩托車

❿ コート（coat）
大衣

53 拗音的發音

假名+ゃ、ゅ、ょ

就像注音符號，多個假名一起唸。

track 106 聽了就會發音跟單字

〈拗音〉

❶ キャベツ（cabbage）
高麗菜

❷ チャンピオン（champion）
冠軍

❸ ドキュメンタリー
（documentary）
紀錄片

❹ チョコ（chocolate之略）
巧克力

〈長拗音〉

❶ シャープ（sharp）
鮮明的

❷ キュート（cute）
可愛的

❸ シュークリーム
（<法>chou à la crème）
奶油泡芙

❹ バーベキュー（barbecue）
BBQ烤肉

❺ サンキュー（thank you）
謝謝

❻ ショート（short）
短的

54 特殊拗音的發音

假名+ァ、ィ、ゥ、ェ、ォ

好多個音一起唸，
就像在說英文一
樣。

 track 107 **聽了就會發音跟單字**

〈ァ〉

❶ ファイル（file）
檔案

❷ ファッション（fashion）
時尚流行

〈ィ〉

❸ フィルム（film）
底片

❹ メディア（media）
媒體

〈ェ〉

❺ チェック（check）
檢查

❻ チェーン（chain）
鍊子

〈ォ〉

❼ フォーク（fork）
叉子

❽ フォーラム（forum）
研討會

平假名習字帖

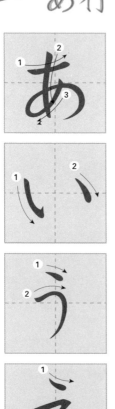

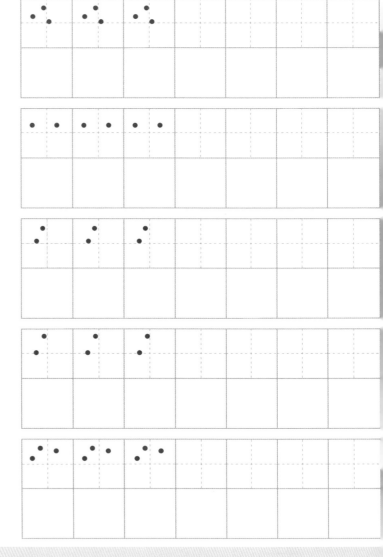

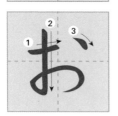

あり
螞蟻

いえ
家

うし
牛

え
繪畫

おけ
木桶

172

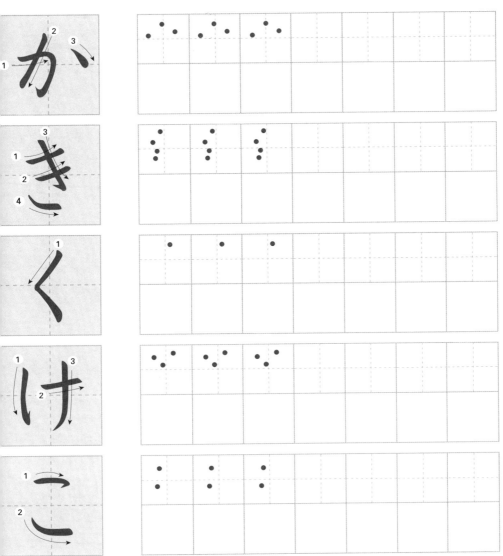

かき
柿子

えき
車站

くま
熊

いけ
池塘

こい
鯉魚

さ行

さ

し

す

せ

そ

かさ
雨傘

あし
腳

すいか
西瓜

あせ
汗

そら
天空

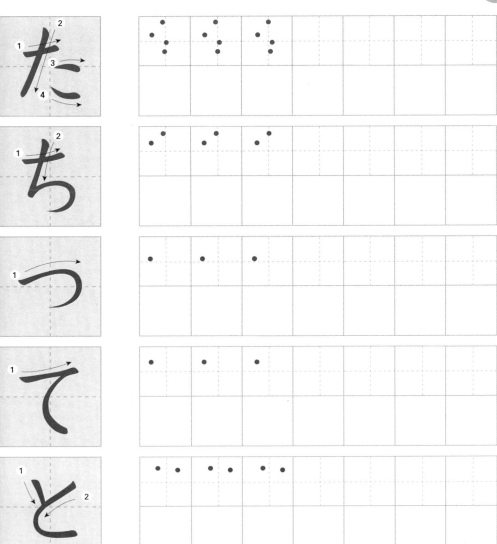

 たいこ 鼓	 とち 土地	つき 月亮	 ちかてつ 地下鐵	とけい 錶,鐘

な行

な

に

ぬ

ね

の

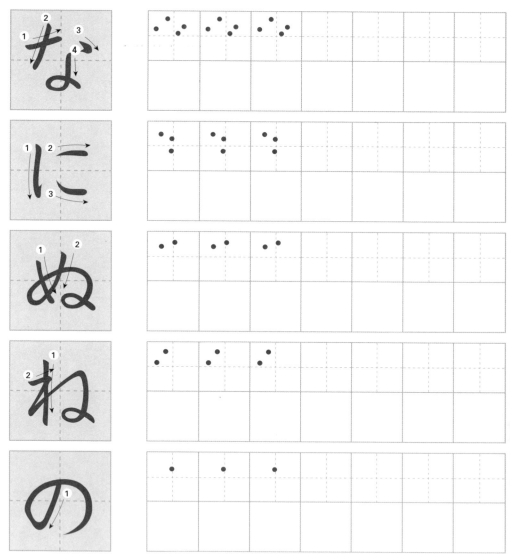

さかな
魚

にく
肉

いぬ
狗

ねこ
貓

たてもの
建築物

はさ始まり>

は行

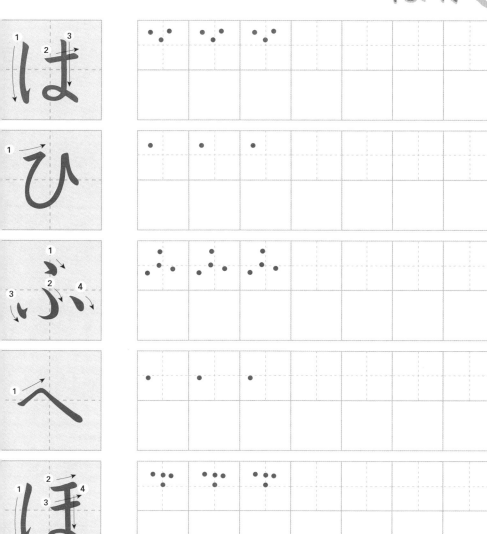

は	ひ	ふ	へ	ほ

はな
花

ひふ
皮膚

ふね
船

ほし
星星

へや
房間

177

ま行

ま

み

む

め

も

うま
馬

みみ
耳朵

むし
蟲

かめ
烏龜

くも
雲

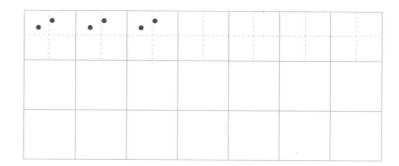

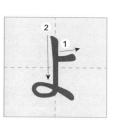

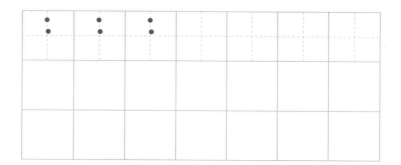

やさい
蔬菜

すきやき
壽喜燒

ゆき
雪

ふゆ
冬天

たいよう
太陽

ら行

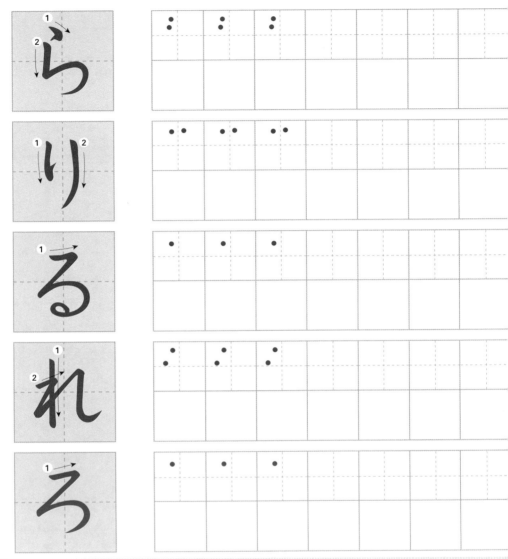

さくら
櫻花

つり
釣魚

さる
猴子

れい
零

ふろ
澡盆

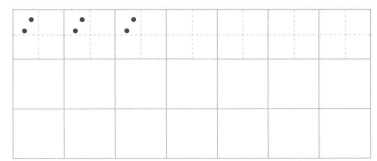

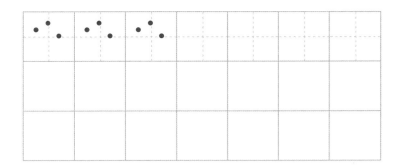

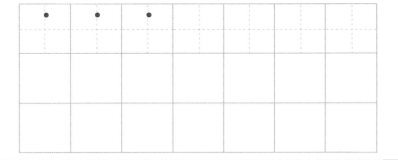

かわ
河川

にわ
庭院

にわとり
雞

こうえん
公園

ほんや
書店

が行

が
ぎ
ぐ
げ
ご

まんが
漫畫

ぎんこう
銀行

かぐ
家具

げた
木屐

りんご
蘋果

ざ
じ
ず
ぜ
ぞ

はいざら
煙灰缸

ふじさん
富士山

ちず
地圖

かぜ
風

れいぞうこ
冰箱

だ

ち

づ

で

ど

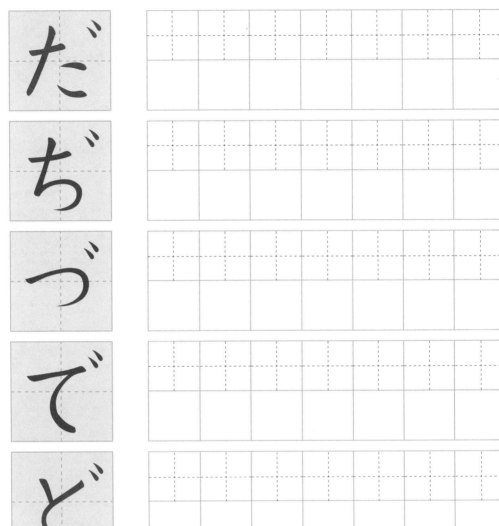

くだもの
水果

はなぢ
鼻血

かんづめ
罐頭

でんわ
電話

まど
窗戶

ば

び

ぶ

べ

ぼ

そば
蕎麥麵

かびん
花瓶

しんぶん
報紙

べんとう
便當

ぼうし
帽子

ぱ行

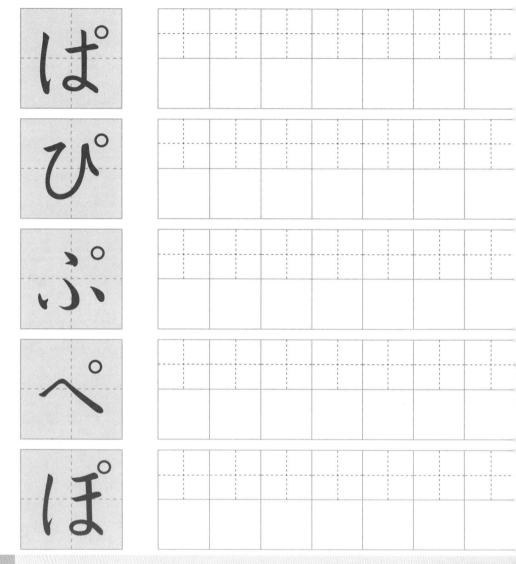

ぱ

ぴ

ぷ

ぺ

ぽ

でんぱ
電波

えんぴつ
鉛筆

てんぷら
炸蝦魚

ぺこぺこ
肚子餓

さんぽ
散歩

促音

　　促音用寫得比較小的假名「っ」表示，片假名是「ッ」。發促音的時候，
要佔一拍的喔！

　　促音是不單獨存在的，也不出現在詞頭、詞尾，還有撥音的後面。它只
現在詞中，一般是在「か、さ、た、ぱ」行前面。書寫時，橫寫要靠下寫，
寫要靠右寫。

き	っ	さ	て	ん					

さ	っ	か							

け	っ	こ	ん						

せ	っ	け	ん						

き	っ	て							

きっさてん
咖啡店

さっか
作家

けっこん
結婚

せっけん
肥皂

きって
郵票

長音

　　長音就是把假名的母音部分，拉長一拍唸的音。要記得喔！母音長短的不同，意思就會不一樣，所以辨別母音的長短是很重要的！還有，除了撥音「ん」和促音「っ」以外，日語的每個音節都可以發成長音。

お	か	あ	さ	ん							

お	に	い	さ	ん							

ゆ	う	じ	ん								

せ	ん	せ	い								

お	お	き	い								

おかあさん
母親

おにいさん
哥哥

ゆうじん
朋友

せんせい
老師

おおきい
大

拗音

　　由い段假名和や行相拼而成的音叫「拗音」。拗音音節只唸一拍的長度。拗音的寫法，是在「い段」假名後面寫一個比較小的「ゃ」「ゅ」「ょ」，用兩個假名表示一個音節。要記得，雖然是兩個假名拼在一起，但是，只唸一拍喔！而把拗音拉長一拍，就是拗長音了。例如，「びょういん」（醫院）。書寫時，橫寫要靠左下寫，豎寫要靠右上寫，而且字要小。

や	き	ゅ	う						

う	ん	て	ん	し	ゅ				

び	ょ	う	い	ん					

じ	て	ん	し	ゃ					

し	ゃ	し	ん						

やきゅう
棒球

うんてんしゅ
司機

びょういん
醫院

じてんしゃ
腳踏車

しゃしん
照片

189

片假名習字帖

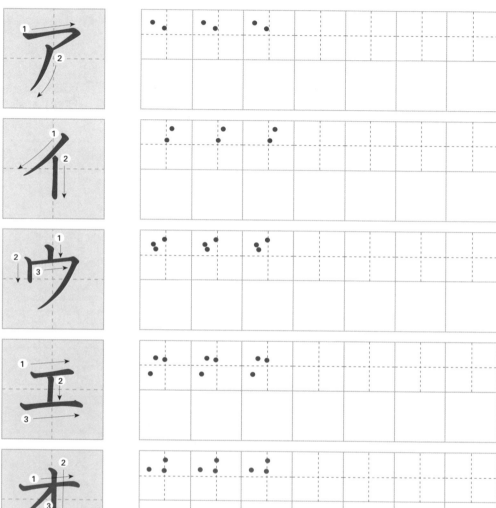

ココア
可可亞

インコ
鸚鵡

ウエスト
腰身

エム
m(英文字)

ライオン
獅子

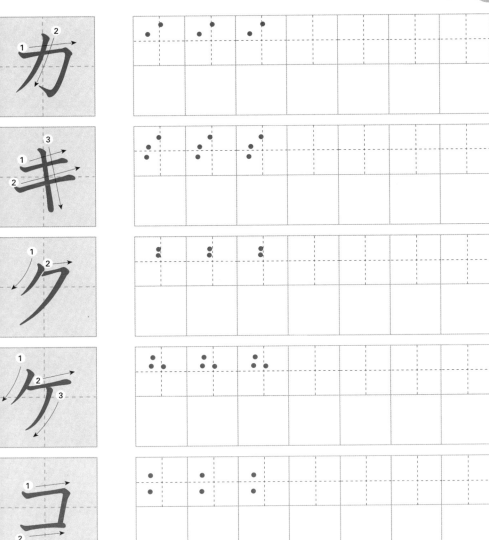

カ

キ

ク

ケ

コ

カクテル
雞尾酒

キリン
長頸鹿

クリスマス
聖誕節

ケーキ
蛋糕

エアコン
冷氣

サ行

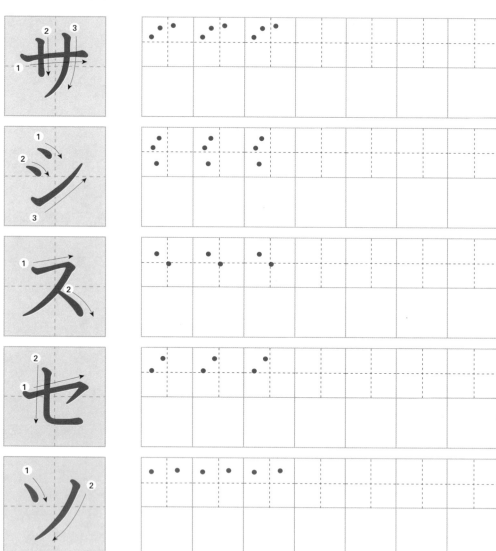

サイレン
警笛

ミシン
縫紉機

アイス
冰

セロリ
芹菜

マラソン
馬拉松

サ行

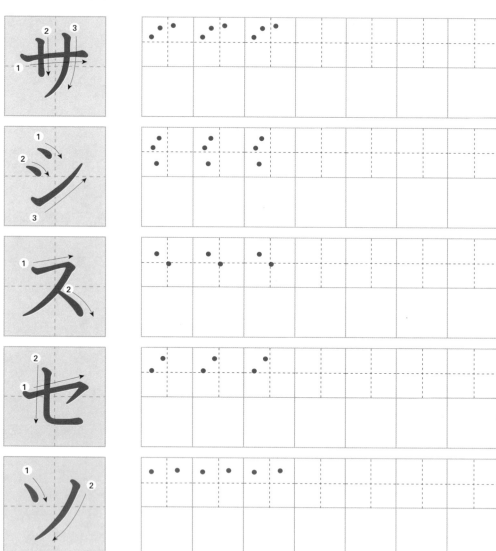

サイレン
警笛

ミシン
縫紉機

アイス
冰

セロリ
芹菜

マラソン
馬拉松

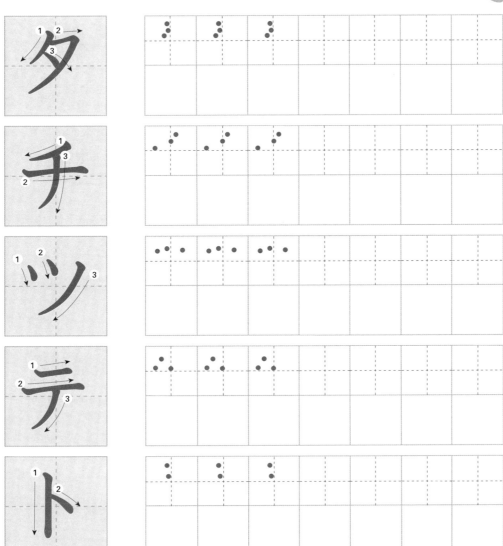

タ

チ

ツ

テ

ト

レタス
萵苣

チキン
雞肉

パンツ
內褲

テキスト
教科書

トイレ
廁所

ナ行

ナ

ニ

ヌ

ネ

ノ

ナイフ
刀子

テニス
網球

コンビニ
便利商店

ネクタイ
領帶

ノート
筆記

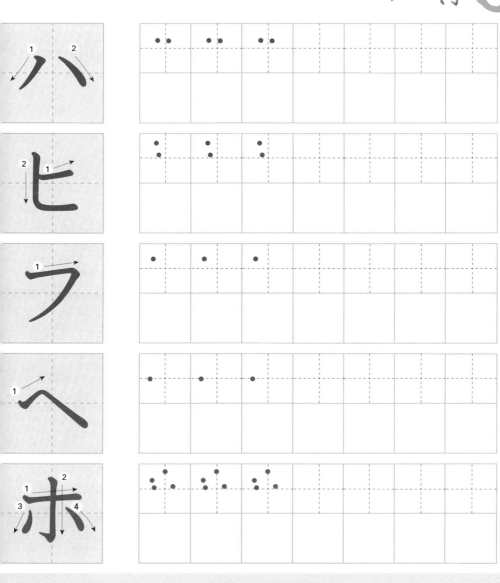

ハム
火腿

ヒント
提示

フランス
法國

ヘアムース
慕絲

ホテル
飯店

マ行

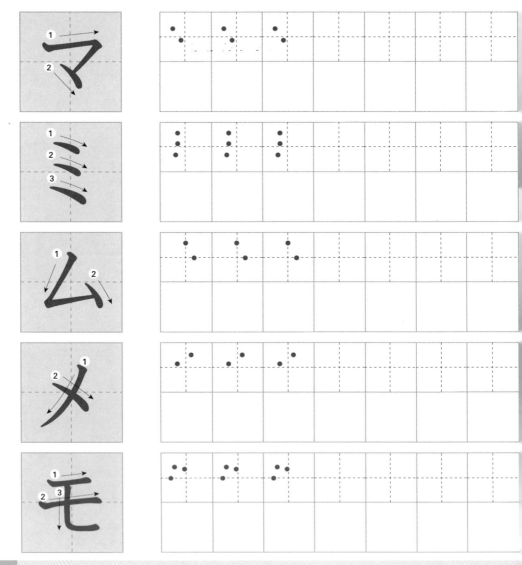

トマト
蕃茄

ミカン
橘子

オムライス
蛋包飯

カメラ
照相機

レモン
檸檬

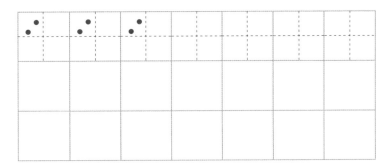

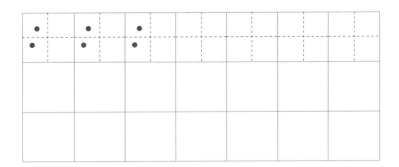

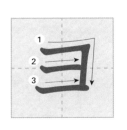
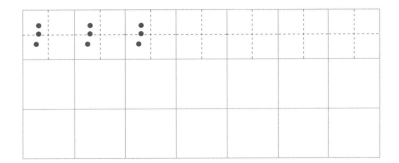

タイヤ
輪胎

シャワー
淋浴

ユリ
百合花

クレヨン
蠟筆

ヨーグルト
養樂多

197

 ラ行

ラ
リ
ル
レ
ロ

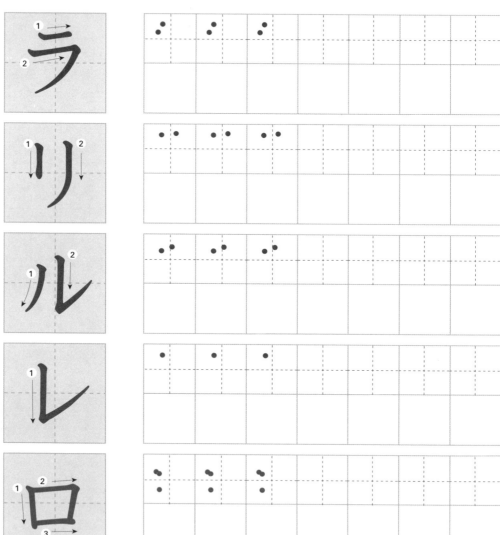

ライス
白飯

アメリカ
美國

ホタル
螢火蟲

タレント
藝人

アイロン
熨斗

ワ行

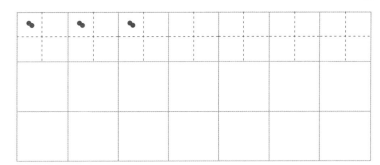

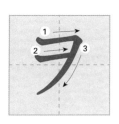

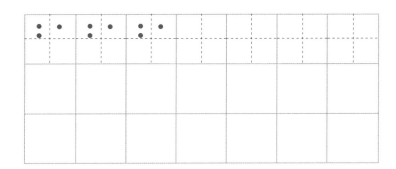

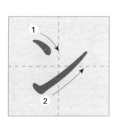

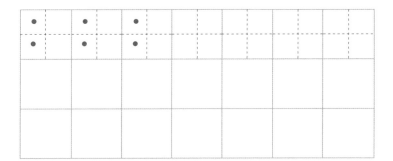

ワイン
葡萄酒

ヒマワリ
向日葵

レストラン
餐廳

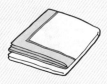

ハンカチ
手帕

メロン
哈密瓜

ガ
ギ
グ
ゲ
ゴ

メガネ
眼鏡

ペンギン
企鵝

ハイキング
遠足

レンゲ
紫雲英

ゴルフ
高爾夫球

ザ行

ザ
ジ
ズ
ゼ
ゾ

ピザ
比薩

ラジオ
收音機

ズボン
褲子

ゼリー
果凍

リゾート
度假勝地

ダ行

ダ
チ
ツ
デ
ド

ダンス
跳舞

パンダ
熊貓

デパート
百貨公司

モデル
模特兒

ドア
門

202

バ行

バ

ビ

ブ

ベ

ボ

ナイフ
刀子

テニス
網球

コンビニ
便利商店

ネクタイ
領帶

ノート
筆記

パ

ピ

プ

ペ

ポ

パチンコ
伯青哥

ピアノ
鋼琴

タイプ
打字

ペン
筆

ポスト
郵筒

促音

　　促音用寫得比較小的假名「っ」表示，片假名是「ッ」。發促音的時候，是要佔一拍的喔！

　　促音是不單獨存在的，也不出現在詞頭、詞尾，還有撥音的後面。它只出現在詞中，一般是在「か、さ、た、ぱ」行前面。書寫時，橫寫要靠下寫，豎寫要靠右寫。羅馬字是用重複促音後面的子音字母來表示。

ス	リ	ッ	パ						

ベ	ッ	ド							

ト	ラ	ッ	ク						

ホ	ッ	チ	キ	ス					

バ	ッ	グ							

スリッパ
拖鞋

ベッド
床

トラック
貨車

ホッチキス
釘書機

バッグ
手提包

長音

　　長音就是把假名的母音部分，拉長一拍唸的音。要記得喔！母音長短的不同，意思就會不一樣，所以辨別母音的長短是很重要的！還有，除了撥音「ん」和促音「っ」以外，日語的每個音節都可以發成長音。

　　用片假名記外來語以「ー」表示，豎寫時以「｜」表示。

ス	カ	ー	ト								

コ	ー	ヒ	ー								

ケ	ー	キ									

タ	ク	シ	ー								

プ	ー	ル									

スカート
裙子

コーヒー
咖啡

ケーキ
蛋糕

タクシー
計程車

プール
游泳池

拗音

　　由イ段假名和ヤ行相拼而成的音叫「拗音」。拗音音節只唸一拍的長度。拗音的寫法，是在「イ段」假名後面寫一個比較小的「ャ」「ュ」「ョ」，用兩個假名表示一個音節。

　　把拗音拉長一拍，就是拗長音了。例如，「ジュース」（果汁）。書寫時，橫寫要靠左下寫，豎寫要靠右上寫，而且字要小。

ス	チ	ュ	ワ	ー	デ	ス				

シ	ャ	ツ								

ジ	ョ	ギ	ン	グ						

キ	ャ	ベ	ツ							

ジ	ュ	ー	ス							

スチュワーデス
空中小姐

シャツ
襯衫

ジョギング
慢跑

キャベツ
包心菜

ジュース
果汁

Go日語　07

7天學會 50音
—附贈日語假名習字帖　（20K+MP3）

2015年9月　初版

發行人 ● 林德勝

著者 ● 吉松由美・山田玲奈

出版發行 ● 山田社文化事業有限公司
臺北市大安區安和路一段112巷17號7樓
電話　02-2755-7622
傳真　02-2700-1887

郵政劃撥 ● 19867160號　大原文化事業有限公司
網路購書 ● 日語英語學習網　http://www.daybooks.com.tw

總經銷 ● 聯合發行股份有限公司
新北市新店區寶橋路235巷6弄6號2樓
電話　02-2917-8022
傳真　02-2915-6275

印刷 ● 上鎰數位科技印刷有限公司
法律顧問 ● 林長振法律事務所　林長振律師

定價 ● 新台幣249元
ISBN ● 978-986-246-427-4

2015, Shan Tian She Culture Co., Ltd.